BUR

Biblioteca Universale Rizzoli

VENTURI in BUR

Addio e ritorno

Un'altra storia

L'amante è finita

L'amore s'impara

L'amore stretto

Il cielo non cade mai

Da quando mi lasciasti

La donna per legare il sole

In punta di cuore

Incantesimo

Mia per sempre

La moglie addosso

La moglie nella cornice

Il nuovo incantesimo

Il rumore dei ricordi

Storia d'amore

La storia spezzata

MARIA VENTURI

Il nuovo incantesimo

BUR

NARRATIVA

ISBN 88-17-00110-4

Prima edizione BUR Narrativa: gennaio 2004

NOTA DELL'AUTRICE

La lunga serialità televisiva pone molti vincoli alla scrittura del soggetto. *Incantesimo* non fa eccezione: tutte le vicende devono ruotare attorno alla clinica Life, *location* di elezione sin dalla prima puntata; e tutti i personaggi portanti devono svolgere un'attività medica o paramedica, trattandosi di una fiction di genere ospedaliero.

Filo conduttore di ogni serie è una storia d'amore movimentata come un western. Gli ostacoli che si frappongono al suo coronamento emergono con i colpi di scena e gli intrighi obbligatori per tenere vivi la suspence e i ritmi televisivi: l'azione prevale sull'approfondimento perché lo spettatore capisce attraverso ciò che avviene e vede la psicologia dei personaggi e le loro problematiche.

Insomma, una storia televisiva nasce con peculiarità che la rendono assai diversa da un romanzo: delle cinque serie di *Incantesimo* che ho precedentemente scritto solamente una (la terza) è diventata un libro perché, eccezionalmente, il soggetto aveva caratteristiche simili a quelle di un romanzo. È la stessa ragione che mi ha spinto a ripetere l'esperienza con la sesta serie, attualmente in onda. Sfrondata di sottostorie, personaggi secondari e rimaneggiamenti avvenuti in fase di sceneggiatura, la storia di Laura e Luca affronta tutti i temi cari alla letteratura dei sentimenti: i condizionamenti di un passato devastante, la paura di amare di nuovo, l'incapacità di trasformare la passione in un rapporto rasserenante, l'eterno conflitto tra ragione e sentimenti.

In fase di sceneggiatura, oltre alla introduzione di storie secondarie, sono stati effettuati alcuni cambiamenti anche alla trama portante, mirati a enfatizzare la spettacolarità della fiction. Personalmente dissento da certe forzature. E nel romanzo, che non ha questa esigenza, troverete la versione originale del soggetto arricchita da particolari e vicende che aiutano la comprensione dei conflitti e delle stesse dinamiche di una storia d'amore.

Io credo che la rielaborazione di *Incantesimo* possa coinvolgere anche chi non segue la serie televisiva. Buona lettura a tutti.

Maria Venturi

I PERSONAGGI PRINCIPALI

LAURA, 28 anni, la protagonista femminile. Nata dalla breve relazione tra un industriale del mobile e la sua segretaria, non è mai stata riconosciuta dal padre, che all'epoca era già sposato e con una bambina da poco avuta in affido (Nota: nella serie la bambina risulta figlia naturale e legittimata e l'industriale apprende l'esistenza dell'altra figlia ventisei anni dopo). Laura ha avuto con il padre dei rapporti formali e sporadici che, arrivata all'età adulta, ha voluto ancor più rarefare ritenendo umiliante l'avere per genitore un uomo mosso soltanto da un elementare senso del dovere e l'essere costretta a vederlo in un clima di grande segretezza.

In realtà Romano Forti, il padre naturale, non è affatto vile e latitante come Laura crede. Non si è mai perdonato l'unica trasgressione della sua vita e, se non ha riconosciuto la figlia, è stato soltanto per la paura di ferire la moglie e compromettere le pratiche di adozione di una bimba da poco avuta in affidamento. Ma Romano ama Laura e non ha mai smesso di interessarsene: lacerato tra i doveri che sente verso di lei e quelli verso la sua famiglia, detestandosi per l'incapacità di compiere un atto di coraggio, ferito dal rancore che avverte nella figlia.

Purtroppo Laura, che rifiuta di capire tutto questo, è cresciuta e diventata adulta condizionata da una figura paterna negativamente vissuta. Combattiva, leale, impietosa con chi è (o ritiene essere) debole e vile, rifiuta qualunque compromesso.

La nostra protagonista è il classico esempio di come valori e rigore morale, puntigliosamente esasperati e vissuti, possano trasformarsi in quel "vizio della virtù" che rende scomoda la vita e problematici i rapporti interpersonali. Ma, dietro la corazza d'acciaio, si celano vulnerabilità, frustrazioni e un profondo bisogno d'amore.

Laura è stata costretta dalla madre ad accettare l'aiuto paterno per frequentare l'università anziché avviarsi subito al lavoro. Si è brillantemente laureata in medicina e, grazie a una borsa di studio, ha seguito un corso di specializzazione in ortopedia e osteochirurgia nello stesso Paese, l'Inghilterra, e presso la stessa clinica universitaria in cui – sette anni prima di lei – si specializzò il protagonista maschile (nel soggetto originale l'Inghilterra è diventata la Francia).

Approderà alla Life dopo la morte della madre, nel contesto del rilancio e della ristrutturazione sanitaria della clinica che prevede anche un potenziamento dell'organico. La violenza sessuale di cui è stata vittima è una aggiunta degli sceneggiatori, così pure il suo rapporto "a rischio" di Aids con un altro uomo.

LUCA, 35 anni, il protagonista maschile. Figlio di padre italiano e madre inglese, si è laureato e specializzato (in Inghilterra) in chirurgia maxillo-facciale, e per tre anni ha lavorato in un ospedale londinese. Tornato in Italia, per due anni è stato primario di una clinica specializzata in interventi di chirurgia plastica e ricostruttiva.

Al successo professionale si contrappone una vita privata fallimentare. Durante i corsi di specializzazione, Luca si era innamorato di Mary, una dottoressa inglese di alcuni anni maggiore d'età, e dalla loro lunga e burrascosa relazione era nata una bambina che la donna (da lui ritenuta ambiziosa, determinata e "femminista" in senso deteriore) non aveva voluto fargli riconoscere. Dopo la rottura, Mary aveva addirittura preteso che Luca sparisse dalla vita della piccola Rose...

Nessuno conosce questo suo passato. Sette anni dopo, e cioè all'inizio di *Incantesimo 6*, il nostro protagonista è ancora segnato dall'assurdità e dalla violenza del comportamento di Mary. Così come Laura è stata condizionata da una figura paterna negativa, anche Luca lo è stato da una relazione devastante: diffida di tutte le donne che hanno fatto dell'indipendenza e della carriera i valori prioritari; e sarà proprio da questa avversione che nasceranno i primi malintesi e i primi scontri con Laura. Gli scontri si faranno violenti quando Luca scoprirà il profondo legame d'amicizia che esiste tra lei e Mary e crederà che sia Laura a precludergli una insperata possibilità di riavere con sé la piccola Rose...

Luca è, come Laura, leale, onesto, attaccato al dovere. Ma, a differenza di lei, ha imparato che in alcune situazioni è indispensabile accettare il compromesso. Realisticamente, rifiuta di lottare contro i mulini a vento e di impegnarsi in battaglie perdute in partenza (come lo fu quella di far valere i suoi diritti di padre).

Ma le differenze non finiscono qui. Luca diffida anche delle verità del cuore e di tutto ciò che sfugge alla sua razionalità. La sua capacità di passione si è esaurita nell'infelice relazione con Mary e ciò che adesso vuole non è il grande amore (che ritiene un abbaglio) bensì un solido rapporto di coppia basato su affetto, stima e solidarietà.

La passione per Laura rappresenterà per Luca un evento simile a un ciclone: se ne sentirà travolto e cercherà con ogni mezzo (ma vanamente) di difendersene.

GLORIA FORTI, 29 anni, figlia adottiva di Romano (il padre di Laura). Nel soggetto originale – e in questo romanzo – fa l'anestesista ed è molto amica di Luca per il quale è una figura femminile rassicurante perché si comporta in modo concreto, razionale ed è come lui aliena da colpi di testa e di cuore.

Fin da bambina Gloria ha saputo di essere stata adottata: e la scoperta delle sue origini (i suoi genitori naturali erano due ragazzi sbandati e drogati) anziché sconvolgerla l'ha ancor più legata al padre e alla madre adottivi.

Svolge il lavoro di anestesista con efficienza, ma senza competitività e carrierismo. Cresciuta da una donna tradizionalista e borghese, Gloria ne ha assimilato il modello di vita e aspira, come Luca, a una unione basata su stabilità e sicurezza.

Sarà un evento imprevisto (lo straziante ricovero della madre naturale alla Life) a far aprire gli occhi a Luca. Il comportamento distaccato e per certi versi impietoso di Gloria nei confronti di quella povera donna lo raggelerà...

ROMANO FORTI, 58 anni, padre naturale di Laura e genitore adottivo di Gloria. Ereditato il mobilificio di famiglia, ne ha riconvertito l'attività trasformandolo in una fabbrica di attrezzature e arredi ospedalieri. Entrato alla Life come fornitore, ne ha acquistato una piccola quota azionaria. Laura ignora questo particolare: la sua domanda di assunzione è stata supportata dalla calorosa presentazione del medico londinese con il quale si è specializzata e ha lavorato... Romano vanamente supplica la figlia di cercare un altro posto, consapevole di tutti i disagi, i pericoli e gli equivoci che possono derivare dalla presenza di Laura alla Life.

Ma l'uomo debole e attento dimenticherà ogni regola di prudenza quando la figlia naturale avrà bisogno di aiuto: il senso di responsabilità nei suoi confronti diventerà prioritario, così come l'amore per lei...

AMALIA, 55 anni, moglie di Romano. È il personaggio "cattivo" della vicenda: ma i suoi comportamenti e le sue difese, per quanto negativi, non sono mai gratuiti né totalmente esecrabili. Amalia ama il marito, la figlia Gloria, la sua bella casa, la serena esistenza che ha sempre condotto all'insegna della rispettabilità e dei valori tradizionali... Quando Laura irromperà in questa sua esistenza, tirerà fuori gli artigli determinata a difendere con ogni mezzo ciò che ha costruito. Ma quando scoprirà che è la figlia del marito, un connaturato senso della giustizia la spingerà a schierarsi dalla sua parte.

MARY, 41 anni, ex-compagna di Luca e madre di Rose. La sua amicizia con Laura iniziò quando la nostra protagonista arrivò a Londra per la specialità: Rose era piccola e Mary ospitò Laura a casa sua, alla pari, perché badasse alla figlia di notte, quando lei era di guardia in ospedale.

Tre anni di convivenza hanno creato un forte legame di amicizia tra le due donne. Laura non ha mai saputo della relazione di Mary con Luca né lo ha mai visto prima di incontrarlo alla Life (lui lasciò l'Inghilterra quando lei vi arrivò).

Ma Mary le ha confidato il drammatico segreto della sua vita: Rose è figlia di una violenza, di un uomo importante e corrotto che abusò di lei. Quattro settimane dopo Mary fece una scoperta sconvolgente: da quel rapporto terribile e violento sarebbe nato un figlio...

Mary ha confessato a Laura di aver sperato con tutta

se stessa che Rose fosse figlia di un giovane collega che amava e che la amava... Ma il gruppo sanguigno della piccola aveva escluso questa possibilità.

Troppo tardi Luca scoprirà l'onestà e la generosità di Mary...

I

Laura ripartì da Frosinone dieci giorni dopo i funerali di sua madre. Il piccolo appartamento era stato svuotato, le chiavi riconsegnate al padrone di casa, i conti saldati. Salì in macchina scacciando la ridicola sensazione che dalle finestre socchiuse e dai negozi della piazza mille sguardi malevoli la stessero spiando.

La figlia degenere se ne va, pensò mettendo in moto. Una brava figlia avrebbe conservato i vestiti e gli oggetti della povera mamma e trasportato i mobili a casa propria. Lei no. Scandalosamente, aveva invitato le amiche e la cugina della defunta a prendere tutto ciò che desideravano e, a cernita terminata, si era rivolta a una associazione benefica perché mandasse qualcuno a ritirare i sacchi e gli scatoloni riempiti in gran fretta.

Per sé, aveva tenuto soltanto le fotografie, le lettere e il cofanetto con i piccoli oggetti d'oro. Come far capire alla cugina Luigia che a Roma abitava in un bilocale ammobiliato di trentacinque metri quadrati dove non c'era neppure lo spazio per aggiungere due sedie? E che senso avrebbe avuto portar via alcuni vestiti per lasciarli ingiallire e tarmare in un armadio?

Prendili per ricordo, per rispetto!

No, la cugina non poteva capire. Ai suoi occhi e a quelli delle amiche era anche la figlia egoista e ambiziosa che era andata a specializzarsi in Inghilterra dopo aver riportato la madre nella cittadina natale. Che questa decisione le fosse stata imposta, che l'avesse vissuta come un esilio, che ricordasse gli anni trascorsi a Londra come i più faticosi e amari della sua vita neppure sua madre l'aveva capito.

Telefona a tuo padre... Cercalo... Erano state le sue ultime parole, sussurrate flebilmente ma con la perentorietà di un ricatto: se non lo farai, non riposerò in pace.

Non lo farò, mamma. Ormai tu riposi nel nulla della morte, senza più vedere né sentire nulla. Non cercherò mio padre, non ho più bisogno di un padre...

E allora perché quella decisione le sembrava tanto grave? Perché si sentiva davvero una figlia cinica e irrispettosa? Sensi di colpa, pensò amara. In quegli ultimi dieci giorni gliene avevano gettati addosso a palate, ignorando che non occorreva infierire per abbattere le sue poche difese.

I ricordi dell'infanzia erano legati alle scoperte che via via aveva fatto: portava lo stesso cognome di sua madre perché suo padre aveva un'altra famiglia e non aveva potuto riconoscerla. Più avanti aveva appreso i particolari della sua nascita, frutto della solita relazione tra segretaria e principale.

Le sue prime fantasie l'avevano portata a ricostruire, morbosamente e ossessivamente, tutto ciò che le era stato taciuto: gli incontri clandestini, l'angoscioso momento in cui i due amanti si erano accorti di aver concepito un figlio, la solitaria gravidanza di sua madre, l'umiliazione dell'allontanamento dal posto di lavoro, il dolore della rottura. Laura era cresciuta sentendosi in colpa per tutto questo. Si era sentita in colpa persino per essere nata.

Tuo padre è una brava persona, tuo padre ti ama. Fino all'età delle elementari la sua piccola mente era stata condizionata da questo bombardante messaggio: sua madre voleva che anche lei lo amasse. E lei lo aveva addirittura adorato. Ai suoi occhi Romano Forti era una specie di Babbo Natale che arrivava a sorpresa carico di doni, la faceva giocare, le raccontava le favole: aspettava le sue visite con eccitazione, senza mai sapere l'ora o il giorno in cui sarebbe andato a trovarla. Alcune volte arrivava al mattino, quando lei non si era ancora alzata, e altre volte capitava che la risvegliasse una o due ore dopo che era andata a letto, riscuotendola dolcemente. Vederlo era sempre una festa.

Ma non l'aveva mai considerato una presenza stabile nella sua vita e, quando aveva cominciato a frequentare la scuola, aveva capito di essere una bambina diversa da tutte le altre: suo padre non veniva mai ad accompagnarla o a riprenderla a scuola, non conosceva la sua maestra, non firmava le sue pagelle, non partecipava alle riunioni dei genitori, non si faceva mai vedere ai saggi o alle recite.

Papà è un uomo molto occupato, ma pensa sempre a te.

Quello che non capiva era perché, quando aveva un intero pomeriggio libero, trovasse mille pretesti per non accompagnarla mai al cinema, alle giostre o ai giardinetti. Era felice delle sue visite, ma diventava sempre meno eccitante restare chiusi in casa a giocare a rubamazzetto o a fare le costruzioni o ad ascoltare favole che conosceva ormai a memoria.

Ma attorno ai tredici anni le mezze verità e le poche confidenze di sua madre si erano ricomposte come le tessere di un mosaico. All'improvviso tutto le era apparso chiaro: Romano Forti era un genitore a ore, che poteva incontrarla solamente dentro le mura di casa. Aveva una rispettabilità e una famiglia da difendere e il pericolo era lei, la figlia che doveva restare segreta come lo era rimasta la colpevole sbandata con la segretaria.

Poco più che bambina, Laura era stata sopraffatta dal primo impatto con i sentimenti degli adulti: in pochi istanti aveva conosciuto la violenza dell'ingiustizia, la furia della protesta, l'umiliazione di sapersi una figlia da nascondere. Da quel momento non aveva più avuto un padre. L'adorazione infantile sparì e il rapporto con lui divenne, con il passare degli anni, sempre più debole.

Restava l'umiliazione di sapersi mantenuta da quel genitore per caso: fino a quando aveva compiuto i ventidue anni, era stato Romano Forti a pagare i suoi studi e il suo mantenimento. Sua madre, dignitosamente, non aveva accettato altro, e lei stessa, dal terzo anno di università in poi, si era emancipata da una insopportabile dipendenza economica.

Frequentava la facoltà di Medicina e nelle ore libere si dava da fare con tutti i lavori che trovava: assistenza ad anziani, iniezioni a domicilio, lezioni private... Le era costata una fatica sovrumana conciliare lo studio e la frequenza con quei lavori, e il giorno della laurea aveva capito di dover accantonare l'ambizioso traguardo della specialità. Ma a quel punto suo padre era intervenuto con la veemenza del senso del dovere e dei sensi di colpa. "Posso aiutarti io! Vuoi compromettere il tuo futuro per uno stupido orgoglio?"

A piegare le sue resistenze era stata però sua madre, supplicandola di accettare l'aiuto che le veniva offerto. "Fallo per me, Laura. Non sopporto che rinunci ai tuoi sogni, sarebbe il mio fallimento..."

Aveva accettato. E solo in quel momento suo padre le aveva spiegato, con grande imbarazzo, che il primario del reparto di ortopedia col quale lei avrebbe dovuto specializzarsi era un suo vecchio amico... "Ho un'ottima proposta alternativa da farti: seguire il corso di specialità a Londra. È soltanto un triennio, ma ti abiliterà a esercitare anche in Italia."

Era avvampata. "Nemmeno parlarne."

"È quello che desidera anche tua madre. Durante i tre anni che trascorrerai a Londra lei si trasferirà a Frosinone. È il posto dove è cresciuta e dove ha lasciato una cugina, molte amiche..."

"Nemmeno parlarne."

Le aveva rivolto uno sguardo affranto. "Sii ragionevole, Laura."

"Che cosa significa *ragionevole*? Che debbo capire la tua ipocrisia e le tue paranoie?"

Ancora una volta era stata sua madre a farla cedere. Per oltre vent'anni Laura l'aveva ritenuta una donna debole, incapace di liberarsi dal condizionamento dell'antico rapporto con l'uomo tanto più importante di lei: il padrone ordinava e la segretaria obbediva.

I sensi di colpa avevano raggiunto l'acme quando si era resa conto che non era affatto così: soltanto per amore della figlia non l'aveva allontanato dalla sua vita. Che Romano Forti fosse un uomo ricco e importante la rassicurava soltanto perché era anche una persona perbene: consentendogli di fare il padre, sia pure con tutti i limiti imposti dalla prudenza, aveva coperto le spalle di sua figlia. Per qualunque emergenza, avrebbe sempre potuto contare su di lui.

Rifiutare di frequentare il triennio di specialità a Londra sarebbe equivalso a ferire sua madre e metterla di fronte a una realtà insospettabile: non si era mai sentita con le spalle coperte, non aveva mai considerato Romano suo padre e avrebbe preferito morire di fame piuttosto che chiedergli aiuto.

E così era partita per Londra. Poche settimane dopo, era stata in grado di mantenersi da sola e l'aveva comunicato al padre invitandolo a sospendere l'invio dell'assegno mensile.

Adesso si rammaricava di averlo fatto: durante i tre anni trascorsi in Inghilterra si era potuta permettere solamente tre viaggi per visitare sua madre e, a triennio finito, era tornata appena in tempo per vederla morire. Nessuno le aveva detto, sicuramente per ordine suo, che da mesi stava lottando contro un cancro metastatizzato e inoperabile.

Telefona a tuo padre... Cercalo. Non posso farlo, mamma. Non subito e non per chiedergli affetto e conforto.

Laura svoltò a sinistra e imboccò il vialone che l'avrebbe condotta verso casa. Era ormai arrivata alle porte di Roma. Basta con i ricordi, si ordinò. Aveva guidato da Frosinone fin lì riesumando quelli più amari solamente per giustificare a se stessa la decisione presa. Non voleva sentirsi una figlia degenere, aveva tutte le ragioni per sottrarsi all'ultimo desiderio di sua madre.

Sensi di colpa... Erano stati il fondamento della parvenza di famiglia che Forti e sua madre avevano costruito per lei, i fili che li avevano fatti muovere, tutti e tre, come burattini. Ne erano stati condizionati, devastati, depersonalizzati.

Adesso è finita, Laura pensò. Giunta alla fine del vialone scorse le insegne verdi della clinica Life. Il suo futuro era lì. Grazie all'interessamento del professor Hasselt, che era stato il suo docente di osteochirurgia e il suo primario al Richmond's Hospital, appena rientrata in Italia era stata contattata da Diego Olivares, direttore sanitario e maggior azionista della clinica.

Pochi giorni dopo il lungo colloquio, aveva ricevuto la gratificante telefonata: poteva considerarsi assunta, il contratto era già pronto per la firma.

Si erano mostrati molto comprensivi quando aveva spiegato che si trovava a Frosinone per assistere la madre morente. E questo le era sembrato un motivo in più per apprezzare la Life: le strutture d'avanguardia e l'alta professionalità del personale coesistevano evidentemente con l'umanità dei rapporti. Dal maestro Hasselt aveva imparato la lezione più importante: diffida dei medici che del malato vedono soltanto l'organo da curare. E diffida dei chirurghi che fuori dalla sala operatoria diventano umanamente invisibili.

Il pensiero di Laura andò istintivamente a sua madre. Con quali parole il chirurgo le aveva detto che il suo male era ormai troppo esteso per essere operabile? Perché si era negata il conforto di avere la figlia vicina? *Telefona a tuo padre*... Perché non l'aveva chiamato lei per dirgli il dramma che stava vivendo?

Suo padre sicuramente sarebbe corso, perché era "l'uomo invisibile" che nelle emergenze si materializzava sempre. Ma si era negata anche questo. Così Romano aveva ignorato che fosse malata e ancora non sapeva della sua morte. *Chiamalo*...

Da dieci giorni le ultime parole di sua madre continuavano a martellarle la testa: alla fine si arrese per mettere fine a quel supplizio.

Gli telefonò sul cellulare due ore dopo essere tornata a Roma. Tagliando corto sia alle espressioni di gioiosa sorpresa sia a quelle di amarezza per il suo lungo silenzio, Laura gli annunciò la morte della madre. Prevenne i suoi interrogativi spiegandogli succintamente che aveva un cancro al fegato e se n'era andata in sei mesi.

«Le ho telefonato qualche settimana fa per avere tue notizie e non mi ha detto nulla!» esclamò Romano.

«Io sono stata il solo problema in cui mia madre ti ha coinvolto.» Si infuriò con se stessa per non essere stata capace di controllare l'antico rancore. Prima che Romano replicasse a tono, si affrettò ad aggiungere: «Non aveva detto niente nemmeno a me».

«Mi dispiace, Laura.»

«Sì, lo so. Adesso devo lasciarti.»

«Aspetta. Quando riparti per Londra?»

«Un mese fa ho finito la specialità e sono tornata per restare.»

Seguì qualche attimo di silenzio da parte di suo padre. «Sei ancora a Frosinone?» si informò con voce neutra.

«No.» Respinse la tentazione di rispondergli che il suo esilio era finito. «Ho trovato un piccolo appartamento ammobiliato e...»

«Hai bisogno di qualche cosa, Laura?»

Un'altra domanda. Con lei suo padre si esprimeva sempre a interrogativi, tipico dei genitori che sono ansiosi perché non sanno nulla dei figli. «Grazie, non ho bisogno di nulla. Ho trovato anche un lavoro.»

«Che cosa aspettavi a telefonarmi, a dirmelo?»

«Scusami.»

«Di che lavoro si tratta?»

«Quello per cui mi sono specializzata.»

«Sì, certo. Ma dove?» Romano chiese spazientito.

«Nel reparto di ortopedia della clinica Life.»

«Laura, devo assolutamente vederti!» All'improvviso c'era come una nota di panico nella sua voce. «Dove posso trovarti?»

«Chiamami sul cellulare.» Gli diede il numero dell'apparecchio che aveva comperato al ritorno da Londra. E subito riattaccò, sentendosi innervosita e cupa, come le succedeva ogni volta che parlava con suo padre.

II

Romano Forti aveva ereditato dal padre un vecchio mobilificio di famiglia che, con il trascorrere degli anni, era andato via via perdendo utili e clientela. Con un prestito della banca e la vendita di un terreno, pure ereditato, aveva riconvertito l'attività trasformando il mobilificio artigianale in una fabbrica di attrezzature ospedaliere. Venticinque anni dopo la piccola fabbrica era diventata un'industria leader nel mercato e nelle tecnologie.

La Life, che da tempo figurava tra la clientela, aveva coinvolto Romano nel progetto di rammodernamento, chiedendogli un consulto e un preventivo. E più avanti, al momento di firmare il contratto per le forniture, l'industriale e gli azionisti della clinica erano addivenuti a un accordo ugualmente conveniente per le parti: la Life cedeva a Forti il dieci per cento delle azioni e in cambio la sua industria si impegnava a fornire alla clinica, a tempo indeterminato e a prezzo di costo, tutte le attrezzature necessarie.

Per gli azionisti si trattava di un notevole abbattimento dei costi di ristrutturazione e di gestione. Quanto a lui, avrebbe ricavato dagli utili della clinica una cifra superiore al mancato guadagno.

Tutto questo era avvenuto quattro mesi prima. La telefonata di Laura mise bruscamente fine allo stato di grazia di quelle settimane: Anna era morta, e al sincero dolore per quella scomparsa, si aggiungeva la preoccupazione per il futuro di sua figlia. Laura aveva perduto l'unico punto di riferimento affettivo e lui la mediazione di una donna dall'eccezionale intelligenza del cuore: doveva ad Anna se era riuscito a mantenere un sia pur esile rapporto con sua figlia. Morta lei, il risentimento e la disistima sarebbero montati senza più freni, sino ad allontanarla per sempre.

Da tre giorni Romano rimandava la telefonata che doveva fare, angosciato dalla consapevolezza che quello avrebbe potuto essere il loro ultimo incontro. Era impensabile che Laura lavorasse alla Life, la clinica di cui era diventato azionista e nella quale l'altra sua figlia, Gloria, lavorava come anestesista. Laura si sarebbe trovata in una situazione di continua umiliazione e disagio: era quello che voleva evitarle. Ma come farglielo capire? Intossicata di rancore, vedeva i risvolti più malevoli di ogni sua richiesta o comportamento, quasi temesse di perdere la certezza di avere un padre immeritevole di stima.

Era il prezzo che doveva pagare per non averla riconosciuta. A suo tempo l'aveva messo in bilancio, senza immaginare che col passare degli anni si sarebbe fatto sempre più insostenibile.

Alle otto Romano lasciò l'ufficio: un'altra giornata era trascorsa, e non aveva ancora trovato il coraggio di chiamare Laura. Nell'entrare in casa sperò almeno di essere riuscito a nascondere a sua moglie la tensione di quei giorni. Ma dovette ricredersi subito.

Amalia lo raggiunse in bagno con l'apparecchietto per misurare la pressione. L'aveva comperato due anni prima, dopo che il marito di una sua amica era stato colpito da un ictus, e ogni volta che lo vedeva silenzioso, preoccupato o stanco lo tirava fuori.

«Vogliamo dare una controllata prima di metterci a tavola?»

«Amalia, sto benissimo.»

«Due minuti, e ne avremo la certezza.»

Ottanta su centodieci: i valori erano normali, ma per la prima volta la cieca fede di Amalia nel suo apparecchietto vacillò. «Hai una faccia che non mi piace per niente» disse scuotendo la testa.

«La pressione è a posto, no?»

«La pressione non è tutto.» Sollevò lo sguardo su di lui. «Qualche cosa non va, Romano?»

«I soliti problemi. Gloria dov'è?»

«È andata a cena con Luca Biagi.»

«Il nuovo chirurgo della Life?»

«Già. La cena è pronta» Amalia disse allontanandosi.

Più tardi, a tavola, Romano spezzò il lungo silenzio della moglie tornando a parlare della figlia. «Sbaglio o è la seconda volta che Gloria va a cena con il nuovo...»

«Non sbagli.»

«Forse sta nascendo una simpatia» insinuò discorsivamente.

Amalia fece un gesto come a dire che si trattava di una osservazione irrilevante.

Il mutismo era l'arma che sfoderava ogni volta che si sentiva attaccata e Romano si arrese continuando a cenare silenziosamente. «Vado nel mio studio» disse alla fine, alzandosi.

Alle undici, quando andò a letto, Amalia era voltata su un fianco con gli occhi chiusi. Si era davvero addormentata? Si svestì in silenzio e spense la luce senza indagare. Nessuna persona lo conosceva quanto lei, ed era stato un ingenuo pensando di poterle nascondere l'angoscia di quei giorni.

Qualche cosa non va, Romano? Niente andava. E d'un tratto gli parve di essere tornato a trent'anni prima, quando era lui a fingere di dormire perché non trovava le parole per confortare la sua giovanissima sposa. La bambina attesa con gioia era nata troppo prematuramente per sopravvivere e Amalia era stata salvata da un'irrefrenabile emorragia con il più drastico dei rimedi: l'isterectomia totale. Non avrebbe mai più potuto avere un altro figlio.

Alla disperazione delle prime settimane era seguita la furia autodistruttiva: dopo essersi invano accanita contro se stessa (un ricovero in clinica l'aveva strappata all'anoressia e a una intossicazione da psicofarmaci) si era concentrata sulla demolizione del loro matrimonio.

Per un anno gli aveva impedito di avvicinarsi a lei. Respingeva ogni gesto affettuoso e ogni parola di consolazione aggredendolo con le accuse più insultanti. La relazione con Anna era iniziata in quei mesi di frustrante impotenza.

Non cerco attenuanti, Romano pensò rigirandosi nel letto. Non si sarebbe mai perdonato di aver cercato una tregua tra le braccia di un'altra donna invece di continuare a difendere Amalia da se stessa e il loro matrimonio dalla rovina.

«Smettila di muoverti, voglio dormire.» La voce secca di sua moglie.

«Scusami.» Fece per alzarsi.

«Dove stai andando?»

«Non riesco a prendere sonno, vado in soggiorno.»

«Sono molto arrabbiata con te, Romano.»

«Mi dispiace.»

Amalia si rizzò sul cuscino e accese di scatto la luce. «Che razza di risposta è? Che cosa ti dispiace?»

Per qualche istante Romano ebbe la tentazione di dirle tutta la verità. Se ne sottrasse inorridito: lui si sarebbe liberato dalla croce scaricandola sulle spalle di sua moglie. «Vado di là» ripeté in fretta.

«Hai un'altra donna?»

Quell'interrogativo lo bloccò. «Come ti viene in mente una sciocchezza simile?»

«È una delle tante ipotesi.»

«Ho dei problemi di lavoro, ecco tutto.»

Amalia si infuriò. «Potrei capire tutto, perdonare tutto. Ma non tollero di essere trattata da cretina!»

«Non ho voglia di litigare.» Prima che replicasse qualcosa, si alzò e raggiunse il soggiorno. Empì un bicchiere di whisky e si allungò sul divano. Gloria bambina gli sorrise dalla parete di fronte: era un ritratto che Donizetti le aveva fatto poco dopo il quarto compleanno e Romano si perse nello sguardo luminoso della figlia.

Era stata lei a riportare la vita nella loro casa. Nata dall'incontro di due ragazzi sbandati e tossicodipendenti, la piccola era stata trovata in un casolare: "dimenticata"? Abbandonata? Era disidratata, denutrita, con un principio di polmonite e sieropositiva.

Nessuna coppia aveva osato farsi carico di lei e per questo era stata affidata a loro. Gloria aveva compiuto il miracolo di salvare Amalia e Amalia quello di restituire la vita alla bambina: sei mesi dopo persino la sieropositività era scomparsa.

Anna gli aveva annunciato di essere incinta al quinto mese di gravidanza, quando il suo avvocato e la psicologa del Tribunale si stavano battendo per dimostrare al giudice minorile l'idoneità dei coniugi Forti all'adozione della bambina.

Riconoscendo quella che Anna aspettava avrebbe compromesso l'esito di questa battaglia e ributtato sua moglie in balia dell'autodistruzione. E così, con infinita sofferenza, si era piegato al dovere prioritario.

Quando Laura era arrivata all'età per capire, aveva tentato di spiegarle tutto questo: ma vanamente. E a nulla erano valsi anche i tentativi della madre. Laura era psichicamente sorda. Non *sentiva* spiegazioni diverse da quelle che lei stessa si era data.

Il rumore della porta che si apriva lo distolse dai pensieri neri. Gloria entrò nel soggiorno e si stupì di vederlo ancora alzato. «Papà, sono quasi le due!»

Si sollevò dal divano e le sorrise. «Dovrei dirlo io a te. Le brave ragazze non tornano a casa a quest'ora.»

«Ero con un bravo collega.»

«Me l'ha detto tua madre.»

«Hai parlato con lei? La mamma è preoccupata per te. Da qualche giorno sei...»

«Gloria, almeno tu lasciami in pace» la interruppe spazientito.

«Va bene. Io vado a letto, buonanotte papà.» Si curvò a sfiorargli la guancia e uscì dalla stanza.

Gloria era fatta così e spesso lui si chiedeva che fine avesse fatto la bambina volitiva e imperiosa di tanti anni prima. Crescendo era diventata un'altra persona: non si offendeva, non si impuntava, non drammatizzava mai.

Aveva sempre saputo di essere stata adottata, e lui e sua moglie si erano preparati ad affrontare la tipica crisi d'identità dell'adolescenza con la raffica di interrogativi sollecitati dall'insicurezza e dallo smanioso desiderio di sapere: dove sono nata? Chi era mia madre? Chi era mio padre? Perché mi hanno lasciato?

E invece non vi erano state né crisi né domande.

Gloria era l'opposto di Laura e, dopo ogni scontro con quella sua figlia difficile, ringraziava il cielo per l'ottima natura dell'altra. Le amava entrambe. Ma nel segreto del suo cuore si era da tempo annidata l'inconfessabile certezza che a dispetto di tutto era Laura la migliore delle due.

Gloria si era laureata in medicina per compiacerlo e aveva scelto di fare l'anestesista perché era l'unica specialità che non comportava un orario a tempo pieno, le visite nelle corsie e i contatti ravvicinati con tutti i degenti. Era stata una studentessa senza ambizioni: anche un diciotto le bastava, pur di arrivare alla fine. E certamente la Life l'aveva assunta perché era sua figlia.

Laura, invece, non si era mai accontentata di un voto inferiore al ventisette. Fare il medico era stato il suo sogno, fin da ragazzina, e aveva deciso di diventare chirurgo ortopedico dopo aver fatto il praticantato nel reparto del professor Gardelli. Innamorato della sua professione, era riuscito a trasmetterle questo amore.

Laura aveva grinta, rigore, determinazione: lo faceva dannare, ma solo in lei riconosceva il giovane adulto che era stato trent'anni prima.

Devo parlarle, si ripeté per l'ennesima volta. Il rancore di sua figlia era come un macigno in mezzo al petto. Sono stanco, pensò. Da ventotto anni viveva nel compromesso e nel silenzio e per la prima volta capì di non farcela più. Ma non esisteva una via di uscita.

Amalia era sempre stata una donna fragile e il suo equilibrio si reggeva sulle certezze che provenivano dalla famiglia: un marito devoto e degno di fiducia e una brava figlia che amava con tutta se stessa. Apprendendo la verità, il suo equilibrio sarebbe crollato.

Il macigno si spostò e Romano soffocò un gemito portandosi le mani sul petto. L'ormai familiare crisi anginosa.

Respirò a fondo e, quando il dolore si attenuò, andò in bagno per prendere la solita pastiglietta.

Sei entrato nell'età più pericolosa, devi rilassarti e cambiare vita, gli ripeteva il medico. Belle parole. Passando davanti alla stanza da letto vide che la luce era ancora accesa. Neppure Amalia riusciva a prendere sonno.

III

«Quella ragazza mi ha fatto un'ottima impressione» affermò Giovanna.

«Anche a me» assentì suo marito Diego. «Ha tutta l'aria di essere efficiente, rigorosa e molto legata al proprio lavoro.»

I coniugi Olivares, i maggiori azionisti della Life, stavano parlando della dottoressa appena assunta per il reparto di ortopedia e Luca si sforzò di non lasciar trapelare la propria insofferenza per quegli elogi sperticati. Diffidava delle donne in carriera e, se la descrizione rispondeva al vero, la nuova dottoressa gli sembrava la fotocopia del personaggio femminile più odioso che avesse conosciuto.

Sentì su di sé lo sguardo perplesso di Giovanna. «Stiamo parlando di Laura Gellini. Dovresti conoscerla...»

«Mai sentita nominare prima di questo momento.»

Intervenne Diego: «Si è specializzata al Richmond's, lo stesso ospedale in cui hai lavorato tu.»

«Probabilmente lei è arrivata a Londra dopo che io ne ero partito.»

Giovanna gli rivolse un sorriso. «Per qualche istante

ho temuto che volessi dirci qualcosa di spiacevole sulla Gellini.»

«Assolutamente no.» Esitò qualche istante. «Non ho mai lavorato volentieri con le donne, ma fortunatamente nel mio reparto non ce ne sono.»

«Dimentichi Gloria Forti.» Ancora Giovanna.

«La Forti fa l'anestesista e non ha né la sindrome del luminare né smanie carrieristiche.»

Giovanna si irrigidì. «Sono comportamenti esecrabili anche negli uomini» osservò. «La Life deve molto alle donne: avrai senz'altro sentito parlare di mia figlia Barbara, di Caterina Masi, di Paola Dupré e di...»

«Sicuramente sì» Luca la interruppe. «Ma sono comunque lieto che la meravigliosa Laura Gellini si trovi in un reparto diverso dal mio.»

«Alla Life non esistono compartimenti stagni» osservò Giovanna in tono ormai scopertamente polemico.

Diego Olivares li apostrofò scherzosamente. «Ehi, ehi ragazzi, non vi sembra di esagerare? Un pizzico di maschilismo verbale non impedirà certamente a Luca di stabilire un buon rapporto con...»

Stavolta fu Giovanna a interromperlo. «Un *pizzico*? Scusa Luca, ma tu mi sembri davvero prevenuto.»

«Sì. Contro certe donne lo sono.»

«E quali sarebbero? Quelle che si considerano pari all'uomo?»

«Quelle che si considerano superiori. Le femmine padrone.»

Giovanna sembrò spiazzata. «Ma le detesto anch'io!»

«Avete visto? Alla fine vi siete capiti» Diego disse allegramente. E per evitare che l'insidioso discorso si riaprisse, riportò subito Luca Biagi al problema per il quale l'aveva convocato: la sostituzione della sua caposala, ormai prossima al pensionamento. Di comune accordo arrivarono alla decisione di sfruttare le risorse interne, promuovendo a quel ruolo una efficiente infermiera che da anni lavorava nel reparto.

Luca lasciò lo studio di Olivares irritato contro se stesso. Perché si era lasciato andare a quella inopportuna esternazione di antifemminismo? Come era possibile che l'orribile ricordo di una donna lo condizionasse ancora al punto da fargli dimenticare educazione e autocontrollo?

Giovanna Medici si era giustamente inalberata, sentendosi personalmente coinvolta: oltre a essere la moglie del professor Olivares, era anche la maggiore azionista e l'amministratore delegato della Life. Luca la stimava e aveva molta simpatia per lei: gli dispiaceva averla ferita. Si ripropose di tornare con calma sul discorso per chiarire l'equivoco. Non era un ottuso maschilista né si sentiva a disagio lavorando in una clinica in cui le donne avevano sempre avuto ruoli importanti.

Riteneva, al contrario, che proprio da questo significativo contributo femminile derivassero le fortune della Life: non era soltanto una efficiente struttura con attrezzature d'avanguardia, ma anche un luogo di degenza e di lavoro dove vigevano rispetto, collaborazione, umanità. A curare le relazioni pubbliche era Tilly Nardi, vedova del fondatore della Life. Un'altra donna straordinaria. Anzi, unica: l'amica di tutti, quella che correva, mediava, ascoltava, dava saggi consigli.

Tilly aveva sposato il primo marito di Giovanna, ma tra le due donne esisteva un rapporto da sorelle, senza ombra di animosità o gelosia. E questo era significativo: se alla Life non esistevano compartimenti stagni, se i medici carrieristi vi avevano vita breve era anche perché donne come loro non lo permettevano.

Lo amareggiava davvero essersi configurato come un maschio diffidente e aggrappato ai vecchi privilegi: proprio lui, l'ingenuo che si era lasciato usare e gettare dall'unica donna che avesse mai amato. Una dottoressa troppo occupata a far carriera per costruire una famiglia o un rapporto stabile: le bastava un inseminatore bianco e sano per farsi mettere incinta, e aveva scelto lui. Nove mesi dopo era nata una bambina che gli aveva impedito di riconoscere e di vedere.

Dalla storia con quella pazza era uscito disperato. Castrato. Col tempo aveva trovato la rassegnazione, ma non il coraggio di innamorarsi di nuovo.

Laura Gellini cominciò a lavorare alla Life il giorno dopo che Olivares aveva preannunciato entusiasticamente la sua assunzione e fu lui a presentarla a Luca.

Luca osservò automaticamente che era una biondina dal fisico minuto, graziosa ma insignificante. Le tese la mano rivolgendole le solite frasi di benvenuto.

Quando sollevò lo sguardo, incrociò quello di lei: e vi scorse vivacità, attenzione, intelligenza. Era inequivocabilmente lo sguardo di una ragazza con una forte personalità, sicura del fatto suo. Di nuovo si rallegrò, ma stavolta tra sé, di non dover lavorare con lei.

Quel giorno stesso dovette ricredersi: Olivares lo convocò con Laura nel suo studio per sottoporre, a entrambi, un problema molto delicato. Diego glielo aveva preannunciato: una diciottenne si era presentata alla Life per essere sottoposta a un intervento correttivo delle palpebre e del contorno degli occhi. Si trattava di una ragazza di origine vietnamita adottata da una brava coppia che giudicava questo intervento "una follia", ma non riusciva a far desistere la figlia. Mentre si recava da Olivares, Luca incontrò Gloria e le spiegò succintamente il caso. Altrettanto succintamente Gloria suggerì di rifiutare l'intervento.

Luca scosse la testa. «Pare che la ragazza abbia messo da parte quanto occorre per la degenza e l'intervento: i genitori temono che troverà comunque una clinica e un chirurgo disposti ad assecondare questo capriccio.»

«Non è un problema tuo, Luca.»

«I genitori hanno il terrore che finisca in mano a qualche cialtrone.»

«Olivares che cosa dice?»

«D'accordo con i genitori l'ha fatta ricoverare, ma sta prendendo tempo. Vuole sentire che cosa ne pensiamo io e la nuova ortopedica...»

«Forse sarebbe meglio sentire uno psicologo.»

«La ragazza è già stata in analisi. A quindici anni non voleva far sparire gli occhi a mandorla, ma andare in Vietnam a cercare i suoi veri genitori. Succede a molti figli adottivi.»

Gloria replicò decisa: «A me no».

«Scusa... Avevo dimenticato che sei stata adottata.»

«L'ho dimenticato anch'io. Avevo poche settimane quando i miei genitori mi hanno presa, e per me non ne esistono altri.»

Luca la guardò con approvazione: «Tu non potresti mai fare una cosa cretina o irragionevole».

Poco dopo, quando entrò nello studio di Olivares, vi trovò Laura già seduta. La salutò con un cenno del capo e si sedette a sua volta.

Olivares spiegò di essere arrivato alla decisione di negare un intervento inutile che una clinica seria come la Life non poteva eticamente approvare. E se proprio la ragazza avesse persistito nella folle intenzione, molti chirurghi estetici sarebbero stati disposti a operarla. L'intervento in sé non era certo tra i più complicati.

«Sono d'accordo con te» Luca disse. Istintivamente si girò verso Laura, e si stupì per la sua espressione perplessa. «Tu no?» le chiese.

«Ho qualche riserva. Forse perché non ho il dono delle certezze folgoranti» aggiunse con una nota sarcastica.

Olivares non la raccolse. «Puoi parlare, ti ho chiamata per questo!»

«Il richiamo all'etica mi sembra sinceramente fuori posto. Anche siliconarsi il seno o ricostruirsi le labbra a canotto, come molte coetanee della nostra ragazza fanno, può apparire una sciocchezza. Eppure sono interventi eseguiti senza remore, da bravi chirurghi e in cliniche serie come la Life... È evidente che dietro il problema degli occhi a mandorla, e il desiderio di correggerli, si cela un problema più profondo. Forse la ragazza non si è mai sentita davvero accettata dalla famiglia adottiva. Forse si è innamorata di qualcuno che l'ha respinta o considerata *diversa*.»

Luca non riuscì a trattenersi. «Per caso sei una psicologa? Credevo che fossi specializzata in ortopedia...»

«L'essere specializzata in ortopedia non mi impedisce di vedere altri problemi. E nemmeno di avanzare delle ipotesi basate sul buon senso.»

Olivares troncò sul nascere il piccolo battibecco. «Le tue osservazioni non sono certamente infondate, Laura, ma la Life non è la struttura idonea per risolvere problemi di natura psicologica o famigliare. E con questo credo che il caso sia chiuso.»

Luca fu il primo a lasciare lo studio. Non si era sbagliato, quella Gellini apparteneva alla schiera delle dottoresse esibizioniste, sentenziose e sopra le righe... Fu quanto poco dopo disse a Gloria.

«Io non l'ho ancora incontrata, questa Gellini, ma sicuramente hai ragione» fu il commento di lei.

«Sei sempre così conciliante?» Luca le chiese con sincera curiosità.

Gloria sorrise. «Ho un buon carattere. E inoltre mi fido del tuo giudizio.»

«Capisco perché sei tanto legata ai tuoi genitori: devono averti cresciuto in modo esemplare.»

«È così.» Il suo viso si rabbuiò. «Da qualche giorno esco da casa con le ali ai piedi: mio padre è intrattabile e mia madre paranoica. Si è messa in testa che lui le nasconde chissà che cosa: un male incurabile, un'amante segreta...»

«Mi dispiace.»

«Figurati a me. Non mi hai mai parlato dei tuoi genitori, Luca.»

«Sono morti in un incidente d'auto sette anni fa.»

«Quando vivevi a Londra?»

«Sì. L'incidente è avvenuto poco distante da Fiumicino: mio padre stava accompagnando mia madre all'aeroporto. Doveva venire a trovarmi a Londra...»

«Non è colpa tua!»

«Lo so. Ma per molti anni mi sono sentito moralmente responsabile della tragedia.»

«Non mi hai mai parlato nemmeno del periodo che hai trascorso in Inghilterra.»

Aveva cambiato improvvisamente discorso, e Luca non capì se fosse una prova di tatto o un segno di fastidiosa superficialità. «Ho lavorato molto» rispose, vago.

«Niente donne? Niente amori?»

«Scusa, ma non mi va di parlarne» tagliò corto con voce brusca e infastidita.

Gloria gli rivolse un piccolo sorriso. «Scusami tu.»

Nel momento di lasciarsi, videro uscire dalla stanza di fronte Diego Olivares. Il professore si avvicinò a loro. «Ho appena spiegato alla ragazza vietnamita che non possiamo operarla. I genitori la stanno riportando a casa» disse rivolto a Luca.

«Bene. Con buona pace della Gellini, hai preso la decisione più sensata.»

Al mattino dopo, mentre aspettava l'ascensore nell'atrio della Life, Luca fu raggiunto da Laura. Le rivolse il sorriso più gentile che gli riuscì e, quando le porte si aprirono, si fece da parte per lasciarla passare.

«Olivares ti ha informata?» le chiese, tanto per dire qualcosa. «Il caso della ragazza vietnamita è stato risolto nel migliore dei modi.»

Inaspettatamente lei girò le spalle e si allontanò quasi correndo.

Le prime impressioni sono sempre le migliori, Luca pensò schiacciando il tasto del secondo piano. Quella ragazza non era soltanto una fanatica, ma aveva anche un temperamento umorale e suscettibile. Reagiva così ogni volta che qualcuno non era d'accordo con lei?

Come giunse nel reparto, la caposala gli andò incontro. Aveva il viso sconvolto. «Ha saputo la notizia?»

«Quale notizia?»

«Ieri sera, poco dopo essere arrivata a casa, la ragazza vietnamita che era ricoverata al numero sei si è buttata giù dal quinto piano.»

Luca la fissò, terreo. «È... morta?» chiese stupidamente.

«Sul colpo. Mio Dio, che tragedia!»

Il caso è stato risolto nel migliore dei modi. La frase che poco prima aveva detto a Laura gli parve sinistra, agghiacciante. Seguendo l'impulso corse da lei. Era nel suo studio, con i gomiti puntati sulla scrivania e la testa fra le mani.

«Laura, ho saputo soltanto adesso. Sono... sono...» La voce gli si spezzò.

«Inorridito? Straziato? Lo sono anch'io.» Si era eretta sulle spalle e lo guardava con occhi di fuoco.

«Tu almeno hai la coscienza tranquilla... Tu suggerivi di operarla, questa povera ragazza vietnamita.»

«*La ragazza vietnamita* aveva un nome, Iris! E aveva

davvero dei problemi!» Laura gridò. «Ma questo non mi fa sentire meglio.» La voce d'un tratto si abbassò e si fece desolata. «Quello che volevo non era avere ragione, ma aiutare Iris... Invece era *un caso* anche per me. Ho parlato di lei senza neppure sapere che viso avesse... L'ho lasciata andare via da questa clinica senza neppure mettere il capo nella sua stanza... E adesso mi sento in colpa. Se mi fossi fermata a parlarle, ad ascoltarla, forse sarebbe ancora viva.»

Gli occhi le si riempirono di lacrime. «Sai qual è la vera ragione che mi ha spinto a scegliere ortopedia?» disse inaspettatamente. «È la sola branca della medicina che ti permette di fare il medico senza vedere i tuoi pazienti morire. È terribile quello che si prova...»

Luca si avvicinò a lei, colpito. «Lo so. Avrei dovuto ascoltarti, pormi qualche dubbio, invitare Olivares a riflettere. Siamo io e lui i veri responsabili di questa tragedia: tu non c'entri, Laura.»

«Vorrei restare sola, se non ti dispiace...»

Per tre giorni stampa e televisioni parlarono del suicidio della ragazza vietnamita. Sulle pagine del suo diario Iris aveva annotato giorno dopo giorno il dramma che l'avrebbe portata alla morte. Si era innamorata di Francesco, un coetaneo che non l'aveva mai invitata a casa sua, mai portata fuori con i suoi amici, mai accompagnata al cinema o a un concerto. E Iris viveva nella certezza che si vergognasse di lei e nel terrore che la lasciasse, come anni prima aveva fatto Pier, il suo primo ragazzino.

L'operazione agli occhi sarà il più generoso dono che posso fare a me stessa: anche se il mio destino sarà essere abbandonata da tutti e restare sola, voglio guardarmi allo specchio e vedere una faccia uguale a quella di tutte le altre. Lo aveva scritto due giorni prima di entrare in clinica.

Laura lesse su un giornale quello stralcio di diario detestando Pier, detestando Francesco, detestando gli ottusi genitori adottivi che non avevano capito nulla. E soprattutto detestando se stessa.

Fu in quel momento di autofustigazione che suo padre le telefonò per chiedere di vederla. Romano Forti si stupì che la figlia non opponesse alcuna resistenza. Ma solo perché ne ignorava la ragione: Laura aveva accettato quell'incontro per dirgli tutto ciò che pensava di lui e troncare definitivamente il loro inesistente rapporto.

IV

Amalia, seduta nell'auto dell'amica Carla, vide il marito Romano varcare il cancello laterale della sua fabbrica e dirigersi verso il parcheggio.

«Metti in moto, parti!» disse concitatamente.

«Per quale direzione? Aspettiamo che parta prima lui!»

Amalia si concentrò sui movimenti del marito: lo vide aprire la portiera della macchina, sedersi, curvarsi a cercare qualcosa e infine mettere in moto. Uscito dal parcheggio, proseguì dritto.

«Accelera, non perderlo di vista!» Amalia disse all'amica con la stessa voce concitata.

«Vuoi che si accorga che lo stiamo inseguendo?»

«Voglio soltanto sapere se mio marito ha un'altra donna.»

Carla scosse la testa: «Sei paranoica! Siete sposati da più di trent'anni, e non ho mai visto un uomo legato alla moglie come lui!».

«Da una settimana è cambiato. È nervoso, preoccupato, intrattabile...»

«Avrà dei problemi col lavoro.»

«Ma quali problemi? Lo credevo anch'io, ma è un'ipotesi ridicola.»

«Forse sta poco bene.»

Amalia si innervosì. «Io non sono di quelle mogli che mettono la testa nella sabbia e si inventano mille motivi per tranquillizzarsi. Stamattina ho sentito mio marito mentre telefonava sottovoce a una certa Laura dandole un appuntamento... Voglio sapere che cosa c'è sotto.»

«Potrebbe essere soltanto un appuntamento di lavoro!»

«Dici così perché non l'hai sentito al telefono... Le parlava come un innamorato e...» Amalia si interruppe: «Mio marito sta voltando a sinistra, gira subito anche tu!».

Le due auto proseguirono per alcuni minuti nella stessa direzione. D'un tratto quella di Romano rallentò e imboccò il breve tratto sterrato che conduceva in un largo piazzale circondato da alberi. Romano scese dalla macchina e si diresse verso i tavoli di un bar all'aperto, sparendo dalla vista della moglie.

«E adesso che cosa facciamo?» chiese Carla dopo essersi fermata sul ciglio della strada. «Non possiamo certo andargli sotto al muso!»

«Va' avanti di qualche metro» Amalia replicò perentoria.

«Ma di sicuro ci vedrà!»

«Devo rischiare.»

L'amica rimise in moto scuotendo ancora la testa e fermò qualche metro più avanti. Adesso Romano era di nuovo visibile. Si era seduto a uno dei tavolini e stava guardando l'orologio.

Per una decina di minuti non accadde nulla. Lo sguardo fisso sul marito, Amalia non si accorse che una macchina si era fermata poco distante da loro. L'amica le diede un colpetto sul braccio. «Forse è quella la ragazza che Romano sta aspettando.»

Non sbagliava. Amalia si girò bruscamente all'indietro e vide una ragazza dai lunghi capelli biondi scendere dall'auto e dirigersi verso i tavolini del bar. Anche Romano la vide. Si alzò di scatto e le andò incontro.

Amalia osservò la scena trattenendo il fiato. Adesso suo marito aveva raggiunto la ragazza e le stava tendendo le braccia, ma lei si sottrasse quasi con forza al breve abbraccio che seguì. Romano le indicò il tavolino e la biondina vi si diresse dicendo qualcosa. Una volta che furono seduti, cominciarono a discutere animatamente.

L'amica Carla si schiarì la voce. «Devi parlare con tuo marito, sicuramente ti darà una spiegazione di questo...»

«Quale spiegazione? Andiamo via, ho visto abbastanza» Amalia disse brusca. Era nauseata e furiosa.

Un cameriere si avvicinò al tavolo. «Che cosa prendi?» Romano chiese alla figlia.

Niente, a Laura venne da rispondere. «Un cappuccino, grazie.»

«Per me un'acqua tonica.» Romano aspettò che il cameriere si allontanasse. «Desideravo davvero rivederti.»

«Io no, papà. Adesso che mia madre è morta, non abbiamo più bisogno di tenere vivo un rapporto che non c'è... Che non c'è mai stato.»

«Io non ho mai smesso di preoccuparmi per te!» Romano protestò.

«Questo è il punto: sono stata la *preoccupazione* della tua vita. Finalmente puoi rilassarti: sono cresciuta, ho un buon lavoro e non ho più bisogno di niente.»

«Laura, volevo parlarti anche di questo... Del tuo posto alla Life. Non è un *buon* lavoro perché...»

«Ne abbiamo parlato ieri al telefono, e il discorso è chiuso. Tranquillizzati. Nessuno saprà che sei mio padre:

sono stata abituata fin da ragazzina a tenere per me il vergognoso segreto.»

Romano avvampò. «È a te che penso! Al tuo disagio nel dover lavorare con tua sorella, alla tua amarezza di...»

«*Mia sorella* è un'estranea. Non l'ho mai vista in vita mia.»

«Ma fa l'anestesista alla Life. Non ti creerebbe un problema ritrovarti in sala operatoria con lei?»

«Soltanto se non fosse una buona anestesista.»

Romano sospirò. «Laura, lascia che ti aiuti. Non so più che cosa...»

«Esci dalla mia vita, papà. Te lo dico senza polemiche, senza cattiveria. Le cose sono andate così, e non posso continuare a chiedermene le ragioni. A ventotto anni è ridicolo non avere ancora risolto i problemi coi genitori.»

L'uomo fece per replicare, ma il cameriere arrivò proprio in quel momento. Dopo che si fu allontanato, Romano si rese conto dell'inutilità di ciò che stava per dire alla figlia: ti voglio bene, non uscirò mai dalla tua vita... Doveva dimostrarglielo con i fatti.

Il paventato incontro tra le due sorelle avvenne il giorno dopo. Un ottantenne era malamente caduto fratturandosi il femore e Laura lo raggiunse nella sua stanza per comunicargli che tutto era stato predisposto per l'intervento.

Una giovane dottoressa l'aveva preceduta.

Fu lei a presentarsi. «Sono Gloria Forti, l'anestesista.» Il suo sorriso, cordiale e aperto, dissipò sul nascere ogni disagio.

Laura si presentò a sua volta e poi si rivolse all'anziano. «Le sue analisi sono a posto, la opereremo domattina.»

«Niente operazioni, io voglio essere ingessato. Lo stavo dicendo anche alla sua collega.»

«E io gli stavo spiegando che con l'intervento chirurgico si rimetterà in piedi molto prima, non correrà rischi ed eviterà...»

«Niente operazioni» l'anziano ribadì cocciutamente.

Laura lasciò la stanza con Gloria. «Non ha qualche parente con cui poter parlare?» le chiese.

«Ha un figlio. Ma non preoccuparti, l'avevo già convinto a farsi operare. Nel vedere te ha voluto ripetere la sceneggiata» Gloria sdrammatizzò. La prese per un braccio. «Ti va di bere un caffè?»

«Sì, molto volentieri.»

Gloria la guidò verso le macchinette. «Devi procurarti la carta per le erogazioni, è molto più comodo che girare con la tasca piena di monete.»

«Dove la trovo?»

«Chiedila alla tua caposala.» Gloria si frugò nella tasca del camice. «Ne ho una nuova, intanto tieni questa» disse porgendole il cartoncino magnetico.

«Sei molto gentile.» Laura lo pensava davvero. Per anni aveva avuto la certezza che la amatissima e fortunata figlia di Romano Forti fosse una ragazza viziata e sgradevole, e adesso doveva ricredersi. La figlia sgradevole sono io, si disse amara.

«Come ti trovi alla Life, Laura?»

«Bene. Mi sembra un'ottima clinica.»

«So che ti sei specializzata a Londra. Non ti è dispiaciuto tornare in Italia?»

«No. Anche se abitavo a casa di un'amica e lavoravo in un ottimo ospedale, mi sentivo sradicata, provvisoria...» *Esiliata*, aggiunse cupamente tra sé.

«Tilly mi ha detto che hai appena perso tua madre.»

«Sì.» Avvertì una fitta di disagio. Non le andava di parlare di sua madre con la figlia di Romano Forti. Buttò il bicchiere di plastica nel contenitore dei rifiuti. «Adesso devo andare.»

«Ci vediamo domattina in sala operatoria.»

Sì. Gloria era decisamente una ragazza simpatica e gentile. Il disagio sparì per lasciare il posto a un moto di rancore. Con buona pace del suo terrorizzato e vile padre, non era successo niente. Si tranquillizzasse pure: non gli avrebbe dato alcun problema – né lei ne avrebbe avuti – lavorando in quella clinica.

Laura ne ebbe la conferma il giorno seguente dopo aver operato l'anziano col femore fratturato. Gloria si rivelò anche una buona anestesista: non esisteva nemmeno il problema di collaborare con lei.

Casualità od oscura punizione che fosse, ogni volta che Laura arrivava a una certezza le capitava qualcosa che rimetteva tutto in dubbio. Una mattina Luca Biagi la raggiunse per sottoporle il caso di un ragazzo appena ricoverato nel reparto di maxillo-facciale: tamponato da un'auto, era stato sbalzato dalla moto e il violento impatto contro un muretto aveva avuto effetti rovinosi sia sul viso sia sul braccio destro: le radiografie rivelavano fratture scomposte di radio, ulna e testa dell'omero.

«Io mi occuperò del viso e tu delle fratture» Luca concluse dopo averle spiegato la situazione.

«Il ragazzo è cosciente?»

«Sì. Fortunatamente, se così si può dire, non ha riportato lesioni interne. E cadendo in avanti, la testa è stata risparmiata.»

«Posso vederlo?»

«Te lo stavo chiedendo io. Ho dovuto sedarlo perché era in piena crisi di panico. È convinto di restare sfigurato per sempre, e forse tu riuscirai a rassicurarlo meglio di me.»

Entrambi pensarono a Iris, la ragazza vietnamita. «Ci proverò» Laura disse con un sospiro.

«Vuoi vederlo subito?»

«Sì, certo.»

Stavano raggiungendo il reparto di maxillo-facciale quando Laura vide suo padre avvicinarsi dall'altro capo del corridoio: era tra Gloria e Olivares, che lo tenevano sottobraccio.

Respinse la ridicola tentazione di scappare, ma non poté sottrarsi a una incontrollabile reazione di imbarazzo e di gelo. Romano Forti era con la figlia prediletta, la sola che poteva presentare e frequentare, la sola a cui era concesso di tenerlo per un braccio...

Luca si staccò da lei per avvicinarsi al gruppetto, ormai vicino.

«Papà, questo è il dottor Biagi» Gloria gli disse. «Credo di averti parlato di lui.»

«Molto lieto» Romano rispose con una strana voce. Anche lui aveva visto Laura.

Tranquillo, me ne vado, lei gli disse silenziosamente. Prima che potesse farlo, udì la voce di Olivares. «Vieni, Laura, voglio presentarti Romano Forti, uno dei nostri azionisti.» Si rivolse a Romano. «Lei è la dottoressa Gellini, la nostra nuova responsabile del reparto di ortopedia e osteochirurgia.»

«E io sono la figlia di Romano Forti» intervenne Gloria con un sorriso.

Laura vide gli occhi dolenti di suo padre posarsi su di lei e subito abbassarsi. Ne provò una gioia sadica che travolse ogni disagio. «Sono molto contenta di conoscerla» disse tendendogli la mano.

Olivares si rivolse a Luca. «Sai se Treves è in reparto? Stiamo andando da lui.»

«Mio padre da qualche tempo non sta bene, e stamattina l'ho costretto a venire con me alla Life per farsi visitare dal nostro cardiologo» Gloria spiegò.

«Sto benissimo» protestò Romano.

«Non dire sciocchezze, papà.»

Intervenne Luca. «Ho incrociato Treves poco fa.»

«Allora andiamo. Tua figlia e tua moglie saranno molto più tranquille se sarà il cardiologo a dire che stai bene» affermò Olivares riprendendo Romano Forti per un braccio.

«Dobbiamo andare anche noi» Luca disse.

Laura rivolse un ultimo sguardo al padre e si accorse che anche lui la stava guardando, con la stessa espressione sofferente. Si vergognò per la gioia sadica di poco prima. E alla vergogna subentrò una profonda tristezza.

V

Gianni, il ragazzo diciottenne sbalzato rovinosamente dal motorino, alternava crisi di panico a esplosioni di aggressività. Se la prendeva con i genitori, con gli infermieri, con Luca, con il mascalzone che l'aveva investito rovinandogli la faccia e la vita.

Un pomeriggio, mentre Laura gli stava spiegando per l'ennesima volta la tecnica dell'intervento a cui sarebbe stato sottoposto, squillò il telefono. Laura gli porse subito il ricevitore.

«Chi è?» il ragazzo ringhiò. Il tempo di udire un nome e poi: «Quante volte ti ho detto che non voglio sentirti più? È finita, Alessia... No, non ti lascio parlare. Non ho bisogno della tua pietà, trovati un ragazzo con la faccia... intera. Vuoi me? O non l'hai capito o sei una pazza masochista! Io sono sfigurato e con le ossa a pezzi... Ascoltami tu: non chiamarmi mai più!» disse tremando d'ira.

Laura prese il ricevitore e lo riattaccò. «Non ti vergogni?»

«Si faccia i cazzi suoi, dottoressa.»

Laura perse la testa. «Purtroppo figuri tra i *cazzi miei*, perché domani dovrò entrare in sala operatoria con Biagi! Meriteresti davvero di essere buttato fuori a calci in culo dalla Life con *le ossa a pezzi* e *il viso sfigurato*!»

Luca si arrestò di colpo fuori dalla stanza del ragazzo, non osando credere alle proprie orecchie: era quella la psicologia della dottoressa Gellini?

Al di là della porta udì la voce sarcastica di Gianni: «Troppo facile! Meglio dimettermi dopo avermi torturato con una operazione inutile».

«Se fosse inutile Biagi non la farebbe: il solo sadico, qui dentro, sei tu.»

«La pianti. Ho diritto almeno a un po' di rispetto.»

«Giusto. *Tutti* abbiamo questo diritto: anche la tua ragazza.»

«Alessia non è più la mia ragazza.»

«Non mi sembra che lei la pensi così.»

«È soltanto per compassione.»

«Conosci il significato di questa parola?»

«Etimologicamente? Certo, faccio il liceo classico.»

«E allora non capisco perché respingi una persona che vuole *patire* con te, dividere con te questo momento nero. Mia madre mi ha nascosto di essere malata di cancro, e quando sono tornata dall'Inghilterra stava già morendo. Ha fatto una cosa crudele e a volte penso a lei con rabbia: perché mi ha impedito di aiutarla? Perché si è negata il conforto di avere vicina la sua unica figlia?»

«Il mio caso è diverso» Gianni borbottò.

«Certo! Tu non stai morendo e non vuoi proteggere dal dolore una persona che ami. È in gioco soltanto il tuo narcisismo. Ti umilia farti vedere da Alessia in queste condizioni.»

«Non voglio che resti accanto a un mostro.»

Luca udì, forte e chiara, la voce nuovamente alterata

di Laura. «Tra pochi mesi riavrai la tua faccia! E spero per te che non sia una bella faccia da cretino! Lo vuoi capire che ritornerai come prima?»

«La pianti, per piacere.»

«Chiama Alessia: riesci soltanto a immaginare quanto sta male? Non esiste ingiustizia peggiore che sentirsi rifiutati e buttati fuori dalla vita di chi si ama. Adesso me ne vado, ma tu pensaci.»

Laura uscì dalla stanza troppo in fretta perché Luca potesse allontanarsi senza essere visto. Era troppo turbato per improvvisare la sceneggiata di quello che è appena arrivato, e così le disse senza giri di parole: «Ho sentito tutto. Forse è meglio che io non entri da lui, adesso».

«Ho dovuto colpire duro.»

«Ma credo che abbia fatto centro.» La prese per un braccio. «Andiamo a bere un caffè?»

«Ne ho proprio bisogno.» In realtà l'angolo delle macchinette erogatrici le sembrava il luogo ideale per una tregua al volo e quattro chiacchiere senza impegno. Scelse un cioccolato e Luca premette il tasto.

«Ottimo» lei disse assaporando il primo sorso. Gli sorrise. «Sarebbe bello se si potesse ottenere tutto così: un'erogazione di cose buone in cambio di un gettone.»

«Nessuna fatica, nessun patteggiamento, nessun conto aperto» Luca aggiunse ricambiando il sorriso. Ma la voce era seria.

«Già. Purtroppo niente è facile.»

«Credo di doverti chiedere scusa, sai? Ero prevenuto nei tuoi confronti... Credevo che fossi una donna carrierista e smaniosa di mettersi in mostra.»

«La mia sola ambizione è poter lavorare bene. Ma a volte sono gli stessi pazienti a impedirtelo, quasi lo stare male li rendesse masochisti. Diffidano delle diagnosi rassicuranti, mettono in discussione le terapie, rifiutano di essere aiutati.»

Luca annuì. «È il caso di Gianni. I masochisti non si rendono conto di fare soffrire anche gli altri!»

Sul viso di Laura apparve un guizzo di allegria. «Sai che cosa diceva Hasselt, il mio professore? I masochisti amano talmente soffrire che non vogliono privare il loro prossimo di questa gioia. Ecco perché sono quasi sempre anche dei sadici.»

«Ma esistono anche i sadici puri, quelli che fanno agli altri ciò che mai vorrebbero fosse fatto a loro» Luca replicò amaro.

«È vero. Ma la crudeltà e l'incapacità di rispetto per il prossimo sono l'altra faccia della natura umana.»

«Scusa, non volevo rattristarti.»

«Non hai detto nulla che non sapessi, tranne che hai cambiato opinione su di me. E questo non mi rattrista affatto.»

Quel pomeriggio Luca e Laura si incontrarono di nuovo per concordare l'operazione di Gianni. Luca volle che anche Gloria fosse presente: il suo parere di anestesista era molto importante. E fu difatti lei a caldeggiare un intervento unico; mentre Luca operava il viso, Laura avrebbe ricomposto le fratture del braccio e ricostruito le terminazioni nervose.

«Ma io ho bisogno di almeno due ore di più di quelle che servono a Luca» fu l'obiezione di Laura.

«Le avrai. Il ragazzo è un grande allergico e i genitori mi hanno detto che due anni fa ebbe uno choc anafilattico nello studio del dentista... L'ho sottoposto a tutti i test necessari per poterlo anestetizzare senza correre rischi, ma l'allergia è imprevedibile e a volte, sia pure eccezionalmente, si può manifestare anche nella seconda somministrazione di un farmaco che risultava innocuo. Per questo mi sento più tranquilla se risolverete tutto con un solo intervento e una sola anestesia.»

La duplice operazione iniziò alle sette del mattino successivo. La voce rassicurante di Gloria ("Va tutto bene, i valori sono normali") scandiva il trascorrere delle ore e allentava la tensione di Luca e Laura.

Ciascuno dei due aveva la propria ferrista e il proprio assistente, ma nonostante l'efficienza delle équipe la tensione di tutti gli interventi delicati e lunghi era accresciuta dalla costrizione fisica: i due campi operatori erano vicinissimi, e Luca e Laura avevano uno spazio esiguo in cui muoversi. Di tanto in tanto, con un cenno d'intesa, l'uno si interrompeva per consentire all'altra maggior libertà di movimento.

In quelle brevi pause Laura non poteva fare a meno di osservare, ammirata, la delicatezza e l'abilità di Luca: le sue dita possedevano davvero il tocco magico dei grandi chirurghi. Ma d'un tratto si accorse che "qualcosa" non andava. Luca si arrestò, depose il bisturi e, sollevata la mano destra, cominciò a flettere le dita contro il palmo, come a sgranchirsele.

«È il solito disturbo?» Gloria gli chiese sottovoce, con espressione preoccupata.

«Sì, ma è già passato.» A mezzogiorno il suo intervento era finito e si allontanò in fretta, augurando a Laura buon lavoro.

Due ore dopo anche lei terminò l'intervento. All'uscita dalla sala operatoria vide i genitori di Gianni. Erano con una ragazzina dai capelli rosso fiamma, in jeans e maglietta a righe. Ma nonostante l'aspetto appariscente i suoi occhi conservavano una luce infantile e si sollevarono su di lei colmi di ansia.

Laura si avvicinò. «È andato tutto bene, state tranquilli. Tu sei Alessia, vero?» chiese alla ragazzina.

«Sì...» Sembrò stupita che sapesse il suo nome.

Era troppo stanca per spiegargliene la ragione. «Potrete vedere Gianni tra un'ora, quando lo riporteranno nella sua stanza» disse allontanandosi.

Gloria la raggiunse. «Sei stata molto brava, complimenti.»

«Complimenti anche a te.»

«Andiamo a cercare Luca... Sono preoccupata per lui.»

«È per quel crampo alle dita?»

«Sì. Nelle ultime settimane gli è successo tre volte, ma lui minimizza, rifiuta di farsi fare una radiografia. È un testone come mio padre.»

Laura disse in fretta: «Potrebbe trattarsi davvero di un crampo».

«Perché non gli dai un'occhiata?»

«Non è facile convincere persone come lui.»

«Lo so, ma con mio padre ci sono riuscita.»

Gloria non mollava. E a quel punto lei fu quasi costretta a chiederle: «Com'è andata la visita dal cardiologo?».

«Ha un ispessimento delle carotidi, che alla sua età è fisiologico, e qualche problema circolatorio. Ma il problema vero è che a cinquantotto anni si ostina a vivere come se ne avesse quaranta. Sempre in fabbrica, sempre di corsa e sotto stress. Purtroppo non si rilassa nemmeno a casa, perché mia madre continua a fargli interrogatori e scenate. È paranoica, si è messa in mente che...»

Laura la interruppe indicando davanti a sé. «C'è Luca, andiamo a salutarlo.»

Laura sapeva dall'età di tredici anni che Gloria era stata adottata. Suo padre le aveva raccontato la verità per farle capire le ragioni che gli avevano impedito di riconoscerla, ma a tredici anni questa giustificazione le era apparsa addirittura una aggravante. Non riusciva a concepire che lei, la figlia vera, fosse stata sacrificata ancor prima di nascere alla figlia di estranei.

Le sarebbero occorsi molti anni per capire che non era la "voce del sangue" a risvegliare l'amore paterno e materno. La figlia vera di Romano era Gloria perché era lei che aveva coccolato, tenuto in braccio, ascoltato.

Dopo aver capito tutto questo, l'infantile gelosia si trasformò in amarezza e frustrazione. Anche lei avrebbe avuto bisogno di un padre amorevole, ma questa fortuna le era stata negata.

Gloria le sembrava una brava ragazza e una buona anestesista. La sua presenza alla Life non era un problema, ma lo sarebbe diventato se il loro rapporto fosse andato oltre quello di due colleghe. Non *poteva* diventare sua amica né incoraggiare le confidenze che le faceva, soprattutto se avevano per oggetto il padre e la madre. Per Laura la famiglia di Romano Forti era sempre stata un tabù e la turbava profondamente che Gloria, inconsapevolmente, lo infrangesse.

Ma d'istinto avvertiva che non sarebbe stato facile mantenere le distanze da lei. Quella ragazza era estroversa, curiosa, talvolta persino invadente... *E molto interessata a Luca Biagi*, aggiunse tra sé. Devo stare attenta e prendere le distanze anche da lui, pensò innervosita mentre varcava l'ingresso del suo reparto.

Romano Forti era seduto nel salottino d'attesa poco distante e, come la vide, si alzò di scatto rendendole impossibile tornare sui suoi passi.

«Sta aspettando qualcuno?» gli chiese con voce impersonale.

«Aspettavo te. Sono venuto alla Life per ritirare delle analisi e volevo salutarti.»

«Non avresti dovuto farlo» sussurrò. «È stata un'imprudenza inutile.»

Romano fece un gesto come a significare che non importava. Aveva il viso sofferente e tirato.

«Papà, stai male?»

«Non preoccuparti, le analisi sono a posto.»

«Vieni, siediti.» Lo guidò verso la poltroncina da cui si era appena alzato.

«Siediti anche tu. Hai dieci minuti di tempo per stare con me?»

Non ebbe il cuore di dirgli di no. Ma quando Romano le strinse affettuosamente una mano la ritrasse. «Qualcuno potrebbe vederci» gli spiegò con gentilezza.

«Ho sbagliato tutto. L'ho capito l'altro giorno, quando tu hai finto di incontrarmi per la prima volta e io ho dovuto accettare che ti presentassi come una estranea. Non sono mai stato tanto male in vita mia.»

Questo compromesso mi sta uccidendo, Romano avrebbe voluto aggiungere, ma detto in quel momento sarebbe sembrato un ricatto. «Non posso accettare di non vederti più» proruppe.

«Va bene, papà. Adesso vai, chiamami quando...»

«Non basta. Devi lasciarti aiutare, permettermi di essere tuo padre. E non dirmi che è troppo tardi.»

«Va bene, papà» ripeté. Come poteva infierire contro di lui? Stava visibilmente male.

Quella sera arrivò a casa stremata. Ma quando andò a letto non le riuscì di prendere sonno. Continuava a pensare a suo padre. Crollato il muro del rancore, non aveva più difese: lo amava, era preoccupata per la sua salute, angosciata per il suo crollo psicologico. Sembrava non avere più difese nemmeno lui.

VI

Benché il vecchio mobilificio Forti fosse diventato con gli anni un'azienda leader nel settore delle attrezzature ospedaliere, Romano non aveva mai cambiato commercialista: Italo Vanzina lavorava con un giovane associato e una sola segretaria in un piccolo studio, ma l'abilità e l'efficienza con cui aveva sempre curato i suoi interessi erano ai massimi livelli.

Dopo molte riflessioni, Romano decise di rivolgersi a Italo Vanzina per sottoporgli il problema che non gli dava più pace: assicurare il futuro della figlia Laura.

Come tutti gli uomini attivi e in buona salute, era arrivato alla soglia della sessantina senza mai fermarsi. Ma, dopo la morte di Anna e i primi disturbi dell'età, si era reso improvvisamente conto di non essere eterno. E gli era insopportabile l'idea di potersene andare prima di aver fatto qualcosa per sua figlia. Laura era rimasta sola e, all'infuori del proprio lavoro, non aveva niente. Trovarla inclusa nel testamento del marito sarebbe stato doloroso e sconvolgente per Amalia: perciò Romano doveva provvedere alla figlia mentre era ancora in vita acquistandole una casa e costituendo un fondo per lei.

Solo Italo Vanzina poteva trovare il modo per farlo senza che Amalia se ne accorgesse. Nei pochi minuti che attese prima di essere ricevuto, Romano implorò tra sé che questo modo esistesse. E, quando fu seduto davanti a lui, affrontò il problema senza giri di parole.

«Ho una figlia di ventotto anni che a suo tempo non ho potuto riconoscere» esordì. Era la prima volta che parlava di Laura, e il doverlo fare con un commercialista gli creò più amarezza che disagio.

Il viso di Vanzina rimase imperturbabile. «Capisco» disse, aspettando che continuasse.

«Mia moglie e Gloria non sanno nulla di lei. E le verità dette ventotto anni dopo servono solo ad avvelenare la vita. Ma io ho dei doveri anche nei confronti della figlia che non ho riconosciuto: doveri non soltanto affettivi» precisò.

Vanzina capì al volo. «Dopo quanto hai premesso, penso che tu non voglia nominarla nel testamento.»

«È così. Sarebbe vile approfittare dell'impunità della morte per confessare l'esistenza di Laura.» Romano fece una breve pausa e poi gli spiegò come intendeva aiutarla.

Vanzina lo ascoltò con attenzione e poi scosse la testa. «Non puoi fare nulla all'insaputa di tua moglie. Amalia è cointestataria di tutti i tuoi conti e di tutti gli investimenti a cui potresti attingere per avere la liquidità che ti serve: prima o poi se ne accorgerebbe. E non è nemmeno ipotizzabile che possa servirti della tua azienda, alterando o falsificando i bilanci.»

Romano lo fissò irritato. «Finora mi hai detto cose ovvie che già sapevo. È tutto qui l'aiuto che puoi darmi?»

«Sì, se chiedi l'impossibile. Per risolvere il tuo problema devi ridimensionarlo.»

«E come?»

«Rinunciando a realizzare la massima liquidità in tempi brevissimi. Apri un conto personale e comincia a versare lì gli utili dell'azienda, spiegando a tua moglie che hai dovuto impegnarti con l'acquisto di nuovi impianti o che gli affari hanno subito una stasi. Entro questo mese, se non sbaglio, arriveranno gli anticipi di quattro nuovi contratti: posso renderti disponibile la cifra che basta per acquistare una casa a tua figlia. L'importante è cominciare.»

«Non è quello che volevo, ma capisco che è la sola soluzione possibile.»

Dopo il colloquio con Vanzina, Romano tornò nel suo ufficio e vi trascorse tre ore esaminando con attenzione preventivi, contratti, fatture. L'azienda non era mai andata tanto bene, ma anche se gli fossero rimasti vent'anni da vivere avrebbe potuto accantonare per Laura una cifra irrisoria rispetto a ciò che lasciava ad Amalia e Gloria. Gli sembrò una insopportabile ingiustizia.

Aveva lavorato più di trent'anni per raggiungere una ricchezza che adesso gli si rivoltava contro togliendogli serenità e salute. Lasciò l'ufficio alle dieci di sera e arrivò a casa mezz'ora dopo.

Amalia gli indicò gelida il tavolo apparecchiato. «Se hai fame, puoi scaldarti qualcosa in cucina. Luzon è andata a letto.»

«Non ho fame, grazie. Vado a letto anch'io.»

Gloria aspettò che si fosse allontanato per urlare alla madre quello che pensava. «Smettila di trattare papà come se fosse il tuo peggiore nemico! Non lo vedi che sta male? Vuoi fargli venire un infarto?»

«Questo devi dirlo alla sua bionda. All'età di tuo padre il vero pericolo sono le relazioni con le ragazzine.»

«Piantala con queste paranoie.»

«*Paranoie*? Anche Carla lo ha visto con la sua amante.»

«Lo avete visto con una ragazza: è diverso.»

«Il loro comportamento era inequivocabile.»

«Se continui così, me ne vado a vivere per conto mio. In questa casa c'è l'inferno!»

«Grazie per la tua comprensione e il tuo aiuto» Amalia disse amara.

«Rivolgiti a uno psichiatra: è l'unica persona di cui hai bisogno» Gloria sibilò lasciando la stanza. Era appena uscita dalla doccia quando il cellulare squillò: la caposala di Laura la pregava di raggiungere urgentemente la Life per un intervento.

«Un intervento a quest'ora?»

«Le spiegherà la dottoressa. Stiamo aspettando solo lei.»

Alle nove di sera una donna di cinquant'anni era arrivata alla Life in ambulanza e il figlio, in balia del panico, aveva raccontato al medico del pronto soccorso che tre giorni prima era caduta dalle scale mentre inseguiva il nipotino. Sembrava che avesse riportato soltanto una brutta botta. Sia pure con fatica, riusciva a camminare e a muoversi...

Ma quella sera, all'improvviso, si era afflosciata su se stessa: non sentiva più le gambe, non poteva muoversi, la schiena le faceva male come se qualcuno vi avesse conficcato una lama rovente.

Mentre raggiungevano la sala operatoria, Laura spiegò a Gloria che un ematoma comprimeva la colonna vertebrale e bisognava rimuoverlo prima che facesse danni irreversibili. «Mi dispiace averti fatto chiamare, ma l'anestesista del mio reparto era irreperibile.»

«Non importa» Gloria rispose. In realtà imprecò tra sé per aver lasciato il telefonino acceso.

Si avvicinò alla paziente: mancava il tempo per un'anamnesi esauriente, e si limitò agli accertamenti indispensabili: il peso, l'altezza, le allergie note a cibi o farmaci, le principali malattie, gli eventuali interventi subiti in passato.

Gloria dovette faticare per concentrarsi sulle risposte e quando l'operazione ebbe inizio ammirò suo malgrado l'attenzione e l'abilità di Laura. Possibile che non fosse mai stanca, mai nervosa, mai deconcentrata?

Persino Luca Biagi si era ricreduto su di lei. Questo pensiero le causò una fitta di fastidio.

«Gloria, come andiamo?» La voce impaziente di Laura.

«Bene, va' tranquilla.»

Pochi minuti dopo Laura chiese concitatamente il divaricatore. «Devo allargare e drenare! Non vedo niente!»

Il medico di guardia, che era entrato in sala con lei, si sporse in avanti. «Come ha fatto a camminare per tre giorni, con una simile compressione vertebrale?» chiese piano.

Laura non rispose. Si rivolse di nuovo, innervosita, a Gloria. «Vuoi dirmi i valori?»

«Va tutto bene, stai...» La voce di Gloria si spezzò in un grido. «Oddio, la pressione sta calando!»

«Cazzo, questa ci muore» imprecò il medico di guardia. «Fa' qualcosa, Forti! Sparale in vena adrenalina e ...»

«Prepariamoci a defibrillare» Laura lo interruppe.

Seguirono alcuni minuti di panico prima che la situazione tornasse sotto controllo. Gloria fu l'ultima a lasciare la sala operatoria.

Raggiunse Laura nel suo studio. «Non mi era mai successo... Scusami» mormorò.

«Ma dove guardavi? Dove avevi la testa?»

«Mi dispiace, davvero. Quando la caposala mi ha telefonato avevo appena finito di litigare con mia madre. A casa mia va sempre peggio, mio padre sta male...» Scoppiò in lacrime. Non si era mai sentita tanto umiliata.

L'ira di Laura crollò di colpo. Era desolata. Si alzò dalla scrivania e le circondò le spalle. «Mi dispiace, davvero. L'incidente è chiuso, adesso torna a casa e fa' una bella dormita.»

«Quella donna poteva morire per colpa mia... Meriterei di essere licenziata in tronco.»

«Gloria, non sei un automa... Te l'ho detto, l'incidente è chiuso e hai la mia parola che nessuno ne saprà nulla.»

«Grazie. Sei un'amica...»

No, Laura le rispose silenziosamente quando rimase sola. Per qualche istante mi sono sentita tua sorella. *Mio padre sta male.* È anche mio padre, Gloria. Adesso era angosciata quanto lei. E piena di sensi di colpa: stava male per lei, per tutti i problemi che gli aveva dato, per tutte le parole crudeli che gli aveva detto... Ancora sensi di colpa. Non avrebbe mai trovato pace?

Al mattino dopo, non appena Olivares lo informò dell'intervento eseguito da Laura, Luca andò nel suo reparto per complimentarsi con lei. In realtà desiderava vederla: per avere la conferma di essersi imbattuto in una donna eccezionale oppure per scoprire al più presto di essersi sbagliato?

Luca non lo sapeva. L'attrazione che provava per lei lo aveva gettato in balia di sentimenti molto confusi. Su tutti prevaleva il timore di spingersi oltre: non era pronto per un legame stabile e l'eccezionalità di Laura aveva su di lui anche un effetto intimidatorio: si sentiva psicologicamente inadeguato alle aspettative che sicuramente aveva. Pensò a Gloria: era stata lei a riconciliarlo con il genere femminile e a rimuovere la diffidenza. Più che dalle sue qualità, era stato colpito dall'assenza di difetti.

Ma dopo l'incontro con Laura capiva che l'attrazione per una persona nasce da ciò che questa persona ha, e non da ciò che le manca. Sperò con tutto se stesso di non aver ingenerato in Gloria la certezza che le loro uscite e le loro chiacchiere fossero i prodromi di un rapporto amoroso. Devo farle capire che non è così, si ripropose entrando nel reparto di Laura.

Non riuscì a nascondere un moto di disappunto: Gloria lo aveva preceduto e stava parlando con lei. Fu proprio Gloria a scorgerlo per prima. E Luca, quando le raggiunse, si rivolse direttamente a lei. «Sono contento che sia qui, così posso complimentarmi anche con te. Olivares mi ha parlato dell'intervento di stanotte.»

Gloria arrossì. «Ha fatto tutto Laura. Io non c'entro, i complimenti devi farli a lei.»

Laura si schermì infastidita. «Non ho vinto una medaglia d'oro alle Olimpiadi, ma solamente eseguito un intervento d'emergenza. Assistita da una buona équipe.» soggiunse.

«Adesso devo andare» Gloria disse in fretta. «Grazie, Laura, ci rivedremo più tardi.»

È proprio una brava ragazza, Luca pensò seguendola con lo sguardo. Discreta, modesta, leale. «Sbaglio o siete diventate amiche?» chiese a Laura.

«Siamo buone colleghe» fu la laconica risposta. Aggiunse quasi a fatica: «Mi è sempre mancato il tempo di coltivare altri rapporti. Ho avuto una sola amica, una dottoressa che mi ha ospitato quando studiavo a Londra».

«Non sei mai stata fidanzata? » a Luca scappò.

«No.»

«Scusami, non volevo essere indiscreto. Vorrei conoscerti meglio, poterti vedere qualche volta fuori dalla Life» azzardò spericolatamente guardandola negli occhi.

Laura ricambiò lo sguardo. «Credo che a Gloria non farebbe piacere.»

«Non è la mia donna e non ho alcun...»

«Meglio lasciare perdere, Luca.»

«Tu mi piaci» disse impulsivamente.

Laura si irrigidì. «Meglio lasciare perdere» ripeté girandogli le spalle.

VII

La relazione vissuta molti anni prima a Londra era stata sicuramente devastante per Luca, ma soltanto perché aveva permesso alla passione per una donna sbagliata di travolgere ogni resistenza e la sua stessa natura. Luca non aveva mai creduto alle verità del cuore e otto anni dopo era più che mai convinto che un rapporto di coppia andasse prima ipotizzato e dopo, eventualmente, costruito. Soltanto la razionalità consentiva di vedere una donna senza l'obnubilamento dell'attrazione e di capire se esistevano – o al contrario mancavano – i presupposti per una unione serena.

Dopo due giorni di riflessioni, Luca arrivò alla conclusione di non essersi sbagliato giudicando Laura una donna rigorosa, sensibile, meritevole d'amore. Ma non riusciva a spiegarsi la strana reazione che lei aveva avuto di fronte a una esplicita manifestazione di interesse: perché si era ritratta con tanta forza?

Non gli sarebbe stato difficile convincerla che tra lui e Gloria non esisteva altro rapporto all'infuori dell'amicizia, ma sospettava che il rifiuto celasse paure più radicate.

Non le aveva chiesto di sposarlo, ma soltanto espresso il desiderio di poterla frequentare, conoscere meglio.

Lascia perdere. Perché? Aveva forse un altro uomo? O era stata, anche lei, condizionata da una storia infelice? Oppure, semplicemente, aveva una natura problematica, tormentata?

Luca certamente non aspirava a un'unione senza slanci, basata su affetto e stima, ma rifuggiva con tutto se stesso dai rapporti artificialmente alimentati da sofferenze e problemi. E la sola idea di dover lottare per abbattere le resistenze di Laura lo raggelava.

Troppi problemi. Era davvero meglio *lasciar perdere*. Presa la decisione che gli sembrava più giusta, Luca smetteva sempre di arrovellarsi. Il problema non esisteva più. Ma per la prima volta non fu così. *Non poteva* rinunciare a Laura, e a quel punto non poteva nemmeno nascondersi la verità: si era innamorato di lei.

Paola, la caposala, lo distolse dal tetro rimuginare chiedendogli se aveva qualche minuto da dedicarle. «Si tratta di una cosa molto delicata...»

«Dica pure, Paola.»

La giovane donna lo guardò esitante. «Riguarda la dottoressa Forti. L'altra notte l'ho chiamata alla Life per un'operazione urgente...» Fece una breve pausa. «La ferrista voleva denunciare l'accaduto al professor Olivares, ma sono riuscita a fermarla.»

«Si può sapere che cosa è successo?» Luca si spazientì.

«La dottoressa Forti era molto distratta, al punto da non accorgersi che l'operata se ne stava andando... L'hanno salvata per miracolo.» La caposala sembrava confusa, e parlava con imbarazzo sempre crescente.

«Si riferisce all'intervento eseguito l'altra notte da Laura Gellini, vero?»

«Sì... La dottoressa Gellini era molto nervosa per l'inefficienza dell'anestesista e ha dovuto riprenderla più volte... La ferrista dice che nemmeno una studentessa del primo anno si sarebbe comportata con tanta leggerezza.»

«Preferisco che questo me lo confermi la Gellini.»

La caposala arrossì. «Mi scusi. Non intendevo fare dei pettegolezzi...»

«Non lo penso affatto: voglio soltanto appurare come sono andate esattamente le cose prima di intervenire con Gloria Forti.»

«La ringrazio. Dirò alla ferrista di averle parlato e spero che la cosa finisca qui.»

Luca la congedò simulando un coinvolgimento che non sentiva affatto. Dubitava che Gloria avesse messo a repentaglio l'esito di un intervento. Probabilmente una disattenzione o un richiamo erano stati strumentalmente amplificati per malevolenza: Gloria era figlia di un azionista della clinica, aveva un rapporto privilegiato con i medici e molti la ritenevano addirittura la sua donna... La caposala era tra questi: lo dimostrava il fatto che si fosse rivolta proprio a lui per "intervenire".

Luca fu tentato di lasciar cadere tutto. La ferrista aveva ottenuto la sola cosa che desiderava, spingere la caposala a mettere Gloria in cattiva luce, e Laura sarebbe cascata dalle nuvole sentendosi interrogare su un'operazione per cui tutti l'avevano complimentata. L'ho fatto anch'io, Luca ricordò. Laura era con Gloria, e il suo comportamento era amichevole come sempre.

Tuttavia, in un soprassalto di scrupolo, Luca decise di togliersi ogni dubbio. In sala operatoria era entrato anche il dottor Fabi, che quella sera era di guardia, e sicuramente poteva smentire o confermare le accuse contro Gloria.

Presa la decisione, andò subito a cercarlo. Senza giri di parole, gli riferì delle malevole chiacchiere che stavano girando e lo pregò di raccontargli se c'era stato realmente qualche problema con l'anestesia.

Fabi parve spiazzato. «Chi te lo ha detto?» chiese.

L'interrogativo ebbe per Luca il suono di un campanello d'allarme. «Stai confermando che è successo qualcosa?»

«Sì... Ma Laura Gellini voleva che nessuno lo venisse a sapere. Alla fine, è andato tutto bene.»

«Vorrei sentire che cosa è successo *prima*.»

«La Forti era via con la testa e si è accorta all'improvviso che i valori si stavano azzerando... Dopo l'operazione Laura le ha fatto una lavata di capo e credo che non sia il caso di infierire o dare risonanza all'incidente.»

«Allora è vero: stavate perdendo la paziente perché l'anestesista era "via con la testa"!» Luca esplose.

«Te l'ho detto, tutto si è risolto senza tragedie. Per piacere, lascia perdere. Mi metteresti in difficoltà con la Gellini.»

«Non ti prometto niente» Luca disse congedandosi. *Lascia perdere*: era diventato davvero un ritornello!

La sua ira si focalizzò su Gloria. Era l'anestesista con la quale eseguiva la maggior parte dei suoi interventi e fingere di non sapere nulla sarebbe equivalso a passare sotto silenzio una distrazione inaccettabile, inqualificabile. Qualunque motivo avesse addotto per convincere Laura a proteggerla, per lui non esistevano giustificazioni.

Arrivato nel reparto, telefonò personalmente a Gloria pregandola di raggiungerlo subito nel suo studio. La brusca perentorietà dell'invito dovette allarmare Gloria perché arrivò pochi minuti dopo e si fermò a guardarlo silenziosamente con una espressione intimidita e ansiosa.

«Siediti, Gloria» disse indicandole la poltrona davanti alla scrivania.

«Abbiamo qualche problema?»

«Non conosco i tuoi, ma di qualunque natura siano non ammetto che interferiscano sul lavoro. Sono stato informato di quello che è successo l'altra notte: ti rendi conto che una persona poteva morire per colpa tua?»

Gloria lo guardò sconcertata. «Sì... Dopo l'intervento ho detto a Laura che meritavo di essere licenziata. È la verità. Se adesso vuoi farlo tu, ti giuro che non protesterò.»

Quella resa totale lo spiazzò. Gloria non si difendeva, non cercava alibi. «Allontanare un cattivo medico significa soltanto mandarlo a fare danni altrove» borbottò. «Tu hai sempre lavorato coscienziosamente, e proprio per questo, prima di mettere una pietra sopra quanto è accaduto, mi limito a un invito: quando stai poco bene, quando hai dei problemi che ti deconcentrano, non entrare in sala operatoria. C'è sempre qualcuno che può sostituirti.»

«L'altra sera no! La caposala mi ha chiamato spiegando che ero la sola anestesista reperibile. Potevo risponderle che non avevo la testa per...»

«Sì, questo lo capisco» Luca la interruppe.

Quel tono improvvisamente comprensivo allentò la tensione di Gloria facendola prorompere in un pianto liberatorio. «Mi sta crollando il mondo addosso... La famiglia era la sola certezza... il solo punto fermo della mia vita e adesso si sta sfasciando... Alla mia età non dovrei più avere questa dipendenza: me lo dico tante volte, ma non posso farci niente. Forse è perché sono stata adottata.»

Luca avvertì il fastidio della nota stonata: Gloria stava recitando? Si pentì immediatamente del meschino sospetto. «Posso aiutarti, fare qualche cosa per te?»

«Resta mio amico.»

Non aggiunse alcuna recriminazione sul fatto che da qualche tempo si incontravano soltanto in sala operatoria e parlavano soltanto di lavoro. E fu proprio questo a far sentire Luca in colpa. «Vogliamo cenare insieme, sabato prossimo?» si ritrovò a chiederle, subito raggelato dall'idiozia di quell'impulso. Desiderava dimostrare la sua amicizia a Gloria, non alimentare speranze inutili.

Quasi gli avesse letto nel pensiero, Gloria rispose: «Grazie, accetto volentieri: purché tu non abbia frainteso la mia richiesta. L'essermi amico non deve comportarti alcun obbligo, compreso quello di invitarmi a cena se non hai tempo o voglia».

«È un sollievo sentirtelo dire» Luca scherzò. Ma era sollevato davvero.

Gloria si era appena congedata da Luca quando squillò il cellulare. Era sua madre. Senza neppure darle il tempo di aprire bocca, la investì con le solite lamentele: non aveva più dubbi, suo marito aveva un'altra donna! E non solo: stava cercando un nido d'amore!

Gloria approfittò di una breve pausa per dirle di piantarla con quelle sciocchezze.

«Quali sciocchezze? Ho trovato nella tasca della sua giacca il biglietto di un'agenzia immobiliare!»

I nervi di Gloria saltarono: «Ho appena rischiato di perdere il posto, devo difendermi dai colpi bassi di una collega che fingendosi amica mi sta sputtanando agli occhi di Luca... Non mi aspetto che tu capisca, l'unica cosa che ti chiedo è di non angosciarmi coi tuoi finti problemi. Non è il momento, mamma. E adesso devo smettere questa telefonata».

«Aspetta! Di quale collega parli?» Amalia chiese. Il tono isterico di poco prima era diventato di colpo vigile e attento.

«Laura Gellini. Ha posato gli occhi su Luca, e lui ci sta cascando...»

«La Gellini? La dottoressa arrivata da poco di cui mi avevi parlato tanto bene?»

«Ero cascata anch'io nella sua trappola.»

«Ascolta, Gloria, non devi perdere la testa. Con gli

uomini giovani come Luca la furbizia e gli intrighi non pagano mai. Tu non mollare, non farti da parte.» Amalia era tornata la madre leonessa.

«Mi ha invitato a cena sabato prossimo.»

«Portalo a casa nostra! Sabato tuo padre andrà all'aeroporto a prendere il concessionario tedesco e mi ha già detto che tornerà tardi.»

«Preferisco stare sola con lui, mamma.»

«E sbagli. Deve vederti nella cornice della tua casa, capire che sei una ragazza con una famiglia alle spalle e non una arrampicatrice smaniosa di accalappiare il buon partito.»

«Invitandolo da noi, potrebbe pensare che voglio accelerare i tempi, ufficializzare un rapporto che non c'è... Preferisco non farlo» Gloria ripeté.

«E va bene. Lascia fare a me.» Di fronte ai problemi della figlia, i suoi erano scomparsi.

Il primo problema di Gloria era il rapporto con Laura. Dopo averle promesso di non far parola dell'incidente avvenuto in sala operatoria, era corsa a spifferare tutto a Luca. Dirle ciò che pensava sarebbe equivalso a creare una frattura, e purtroppo non poteva permetterselo perché come anestesista era costretta a lavorare anche con lei. Fingere di credere alla farsa dell'amicizia le sembrava insultante per la propria dignità e psicologicamente insostenibile.

La cosa migliore era limitare i contatti a quelli di lavoro, mantenendo un rapporto formalmente corretto. E così fece. Quel giorno stesso capì di aver preso la decisione giusta: per due volte incrociò Laura e tirò dritto senza fermarsi facendole segno che aveva fretta. Godette nell'accorgersi di averla disorientata.

Anche sua madre approvò il comportamento che si era imposta. Continuava invece a disapprovare la cena a due. E con l'avvicinarsi del sabato le sue argomentazioni si facevano sempre più pressanti: è la prima volta che uscite da soli dopo una lunga pausa, potresti essere a disagio, potresti dire qualcosa di sbagliato...

Dentro di sé, Gloria le dava ragione: ma non sapeva come proporre a Luca di cenare a casa sua invece che al ristorante. Era imbarazzata e dubbiosa: e se avesse accettato soltanto per educazione? Se avesse trovato un pretesto per rimandare la cena?

Ma la mattina del sabato questi interrogativi si configurarono irrilevanti rispetto al problema, stavolta reale, in cui Gloria fu coinvolta.

Lei e Luca stavano visitando una paziente appena operata quando arrivò una telefonata di Amalia. Gloria si scusò e uscì dalla stanza. «Mamma, non ho tempo. Ti richiamo io.»

«Non importa... Adesso esco, vado da Carla...» disse con voce affranta.

«Che cosa è successo?»

«Tuo padre ha dato trecentomila euro di acconto a una agenzia immobiliare. Stavo cercando nel suo studio il conto delle spese condominiali e ho trovato la ricevuta. Purtroppo non sbagliavo.»

«Potrebbe essere l'acquisto di un immobile per l'azienda» Gloria obiettò. Più che la notizia, a turbarla fu il tono insolitamente sommesso e rassegnato di sua madre. Quello di una donna sconfitta.

«Ha prelevato i soldi da un conto privato. E si tratta di un attico in Trastevere.»

«Mamma, ti raggiungo subito. Parlerò io con papà. Ci deve essere una spiegazione.»

«È quella che temevo, la più ovvia. Resta in clinica, ti prego. Ho bisogno di riflettere.»

Poco dopo, quando uscì dalla stanza, Luca trovò Gloria seduta sul davanzale di una finestra, con gli occhi rossi e l'espressione sconsolata. «Mio padre ha una relazione» mormorò. «Credevo che mia madre fosse una visionaria, e invece aveva ragione. Adesso è distrutta. E anch'io...»

Luca le prese una mano. «Capisco quello che provi.»

«Trent'anni di matrimonio buttati via per la solita ragazza interessata e senza scrupoli. La ucciderei!»

«È una specie femminile inestinguibile» Luca commentò amaro.

«Come quella dei sessantenni che si lasciano raggirare. Detesto mio padre. Non ha giustificazioni, non ha attenuanti. Mia madre gli ha dedicato la vita... La famiglia era tutto, per lei... La sua sola colpa è avere più di cinquant'anni e non suscitare più il brivido della novità, dell'avventura» si infervorò.

Fu Luca, inaspettatamente, a fare la proposta. «Pensi che le farebbe piacere se stasera la portassimo a cena con noi?»

Lo sguardo di Gloria si illuminò. «Sei molto gentile. Non credo che abbia voglia di uscire... Però, se per te non è un problema, potresti venire a cena a casa mia.»

«Nessun problema, sarò da voi alle otto.»

Nonostante tutto, fu una serata molto gradevole. La presenza di Luca rasserenò e distrasse Amalia. Dopo poco, incoraggiata dall'evidente simpatia che le dimostrava, cominciò ad aprirsi con lui, come se fosse un vecchio amico.

A mezzanotte, prima di andarsene, Luca la baciò affettuosamente su una guancia e la esortò a non arrendersi. «Una ragazza che dopo poche settimane accetta una casa da un uomo sposato non è una rivale temibile, Amalia. E suo marito è un uomo troppo intelligente per non rinsavire: è solo questione di aspettare.»

Amalia decise di accelerare i tempi: doveva scoprire

chi era l'amante di Romano per dimostrargli subito, prima che la sbandata diventasse una passione senza scampo, in quale misera ragazza si fosse imbattuto.

Al mattino dopo si rivolse a una nota agenzia investigativa. Al titolare disse perentoriamente che non cercava le prove di una relazione sulla quale non esistevano dubbi, ma tutte le informazioni possibili sulla ragazza: chi era, che cosa faceva, da quale famiglia proveniva, quali e quanti uomini aveva avuto.

VIII

Laura uscì dalla Life alle otto di sera e si diresse verso il parcheggio accelerando il passo. Aveva cominciato a piovere e non aveva l'ombrello: l'ultimo contrattempo di una giornata faticosa e interminabile.

L'ultimo? Laura soffocò un gemito di ribellione: la ruota posteriore della macchina era completamente sgonfia. Aprì lo sportello e si sedette per ripararsi dalla pioggia. Chiama un taxi e piantala di drammatizzare, si ordinò. Due numeri erano sempre occupati e al terzo la fecero aspettare cinque minuti per dirle che al momento non riuscivano a trovare un taxi libero nella zona.

Mettiti tranquilla e aspetta, si ordinò ancora.

Ripercorrendo quella giornata, doveva obiettivamente ammettere che non era accaduto nulla di tanto grave da giustificare lo stato in cui si trovava: soltanto una serie di contrattempi e fastidi che, assommati, le avevano fatto saltare i nervi.

In sala operatoria Luca era stato paralizzato per qualche istante dal solito doloroso crampo e, quando gli aveva chiesto di farsi dare un'occhiata alla mano, aveva reagito con uno scatto d'ira. Gloria, che da qualche giorno si comportava in modo a dir poco strano nei suoi confronti, a una richiesta di spiegazione aveva risposto con un raggelante "lo sai benissimo". Il professor Olivares aveva spostato una delle sue migliori infermiere in un altro reparto senza consultarla. Suo padre, ormai incontenibile, l'aveva chiamata in clinica...

Laura sapeva reagire alle emergenze e ai problemi veri, ma quello stillicidio di piccole contrarietà la logorava. Provò a cercare nuovamente un taxi, ma adesso tutti i numeri erano occupati: non le restava che rientrare alla Life per chiedere un passaggio a qualche infermiera alla fine del turno o per cercare qualcuno che l'aiutasse a montare la ruota di scorta.

Scese dalla macchina e aprì il bagagliaio nella speranza di trovarvi un ombrello: pioveva ormai a dirotto. Niente da fare, quella non era proprio la sua giornata fortunata... Richiuse il bagagliaio e si diresse verso la Life più velocemente che poté. Aveva percorso circa duecento metri quando vide un uomo uscire dalla clinica e imboccare la strada che portava verso il parcheggio. Chiunque fosse, forse poteva darle un passaggio.

Aspettò che si avvicinasse e provò un moto di disappunto e di sollievo insieme quando si accorse che era Luca. Anche Luca la riconobbe e accelerò il passo per raggiungerla. La riparò subito col suo ombrello.

«Ho una ruota a terra e non riesco a trovare un taxi» Laura disse quasi a giustificarsi.

«Posso darti un passaggio... Data la situazione, non credo che tu sia in grado di rifiutare» Luca sottolineò, sperando che il tono scherzoso celasse l'ansia per la risposta. Il caso gli aveva offerto una insperata occasione per incontrare Laura fuori dalla Life e non voleva assolutamente sprecarla.

«Ti ringrazio, davvero.»

Luca diede per scontato che quello fosse un "grazie sì". «La mia macchina è all'inizio del parcheggio, vieni.» La prese per un braccio e ve la guidò tenendo spostato l'ombrello dalla sua parte per proteggerla meglio. La pioggia si era trasformata di colpo in un diluvio temporalesco.

Luca aprì la portiera col telecomando e poi la tenne aperta per far salire Laura. Sperò, puerilmente, che abitasse al lato opposto della città per avere il tempo di parlare e trovare magari il coraggio di invitarla a cena. Purtroppo non era così. Quando le chiese dove doveva portarla, lei indicò il lungo viale alla sinistra del parcheggio: la sua casa era in una traversa dopo il terzo semaforo.

«È un microscopico appartamento che ha il vantaggio di essere vicino alla clinica» precisò Laura.

«Io invece abito alla Balduina e impiego un'ora per arrivare» Luca replicò per non lasciar cadere il discorso.

Laura si passò una mano sui capelli fradici. «Non vedo l'ora di fare una doccia calda e infilarmi a letto.»

E adesso di che cosa parlo? Di idromassaggi, di materassi, degli acari della lana? Luca fece appena in tempo a chiederselo.

«Dopo quel semaforo svolta a destra» lei disse. «Spero di non averti portato fuori...»

«Dimmi di che cosa hai paura, Laura» la interruppe. «Prima di *lasciare perdere* devo saperlo.» Ecco, l'aveva detto. Seguì un silenzio che gli sembrò interminabile.

«Il mio portone è quello... Non è facile da spiegare.»

«Hai un altro uomo?»

Mio padre, fu sul punto di dirgli. Scosse la testa. «No. Ho troppi problemi per avere un rapporto sentimentale.»

Luca fermò davanti al portone e si girò verso di lei. «Fammi salire da te. Non voglio creartene altri, ma soltanto parlare. Ti fa paura anche questo?»

«E va bene, sali.»

Luca la seguì in silenzio, stupito da una resa che non si aspettava e in balia di un dubbio: forse aveva sbagliato a chiederle una spiegazione, forse Laura si era arresa soltanto per metterlo di fronte alla impossibilità di costruire un rapporto con lui. Potevano esistere ragioni valide: e in questo caso sarebbe stata la fine di ogni speranza.

«Siamo arrivati, entra.»

L'interruttore accese tutte le luci e Luca dovette stupirsi di nuovo. Chissà perché, si era immaginato che Laura avesse un rapporto molto distaccato con la casa: e invece quel piccolo appartamento ammobiliato emanava una calda atmosfera di intimità. Ovunque lo sguardo si posasse, si scorgevano i segni di una mano femminile che aveva abbellito e ingentilito.

Tre poster d'epoca, allineati su una parete, distoglievano l'attenzione dall'angolo cottura in formica. Un mezzero genovese, allungato sul divano, ricopriva i cuscini probabilmente consunti. Il ripiano del cassettone finto antico era ricoperto da fotografie accuratamente incorniciate.

«Mi piace» Luca disse indicando tutto intorno.

«Grazie. Vuoi bere qualcosa?»

«Va' prima a cambiarti e ad asciugarti i capelli.»

Laura aprì un armadio a muro e ne estrasse una tuta. «Torno subito.»

Poco dopo Luca udì, vicinissimo, il ronzio di un phon. L'inaspettata gentilezza di Laura gli sembrava sempre più allarmante. Non le chiederò niente, decise istantaneamente. Non poteva precludersi ogni possibilità di incontrarla fuori dal lavoro né arrendersi senza neppure aver lottato.

Incapace di stare seduto, si avvicinò al cassettone per osservare le fotografie. Laura non aveva certamente il culto di sé, perché nessuna la ritraeva da sola o nel solito narcisistico primo piano. Accanto a lei c'era sempre una donna con lo sguardo protettivo e dolce: sicuramente sua madre. L'obiettivo le aveva ritratte, insieme, nei momenti più importanti di Laura: il primo giorno di scuola, la prima comunione, il giorno della laurea...

E il padre dov'era? Inutilmente cercò un'immagine maschile in quell'angolo di ricordi. Lo sguardo gli cadde sul visetto paffuto e sul sorriso irresistibilmente sdentato di una bambina. Prese in mano la fotografia ricacciando un nodo amaro.

Laura sopraggiunse mentre la stava rimettendo al suo posto. «È la bambina inglese a cui ho fatto da baby sitter...»

«Anche io ho una figlia, più o meno della sua età.»

Laura lo guardò in silenzio, ugualmente stupita per la notizia e per l'inaspettata confidenza. «Non lo sapevo...»

«L'ultima volta che l'ho vista aveva tre giorni» aggiunse con voce spenta.

Laura scosse la testa. «Hai... hai avuto dei problemi con sua madre?»

«Mi ha impedito di riconoscerla e di avere dei rapporti con lei.»

Laura sobbalzò. «E tu glielo hai permesso?»

«Si *permette* un furto, un omicidio, una violenza? È chiaro che ho dovuto subire» ribatté con voce cattiva.

«Senza lottare? Scusa... Quello che voglio dire è che esistono i tribunali minorili, i giudici... Nessuno può impedire a un padre di vedere la propria figlia.»

«Quella signora non era mia moglie. E mi fece dire dal suo avvocato che, se fossi ricorso al giudice, avrebbe dichiarato che la bambina non era figlia mia.»

«Ma esistono gli esami del sangue!»

«Giusto. Ma una volta dimostrato di essere il padre, che cosa avrei ottenuto? Una visita alla settimana, una vacanza all'anno... Fare il padre è un'altra cosa... E comunque quella signora non me lo avrebbe permesso...»

«Ma perché ti odiava tanto?»

«Non lo so. Sono impazzito per anni, girando a vuoto in questo interrogativo. Alla fine mi sono arreso: esistono le persone pazze e crudeli... O, semplicemente, le donne che dopo l'accoppiamento si disfano del maschio perché non hanno più bisogno di lui.»

«È orribile...»

«Già. Come ho potuto amare una donna così?»

«Forse in questi anni è cambiata. Non hai mai cercato di vederla?»

«No, mai. Per quanto ne so, continua a vivere e a lavorare a Londra.»

«È la collega di cui mi hai parlato una volta?»

«Sì... E non voglio parlarne più. Dopo tanti anni, non ho ancora superato la rabbia e l'amarezza per la violenza che ho subito.»

«Purtroppo ne ha pagato il prezzo anche tua figlia. Crescere senza padre non è facile. Io...» Si interruppe in fretta, con un sospiro.

«*Tu* che cosa?»

«L'ho perso quando ero bambina.»

Luca ebbe la sensazione che quella non fosse la verità, ma non volle accrescere il suo imbarazzo e si affrettò a cambiare discorso. «Ho capito bene? A Londra hai fatto la baby sitter?»

«Sì. Sono stata molto fortunata, perché ho incontrato una dottoressa che per me è stata più di un'amica. Mi ha ospitato a casa sua, mi ha aiutato negli studi per la specialità... E non solo: ogni mese mi dava uno stipendio. In cambio io ho fatto ben poco: badavo alla piccola nelle ore libere e di sera, quando lei era di guardia o faceva del volontariato.»

Era questa la "fortuna"? Correre tra casa e ospedale senza mai uno svago, un'uscita, una serata per sé? Luca ne fu esterrefatto. E d'un tratto gli parve di capire le sue resistenze e le sue paure: erano quelle di chi si è fatto da solo e ha dovuto lottare per conquistarsi ogni cosa. Amare rappresentava per Laura un atto di fede totale in un'altra persona: non ne era capace perché era abituata a contare solamente su se stessa.

«Volevi parlarmi?» lei lo richiamò. Si accorse che la stava guardando con un'espressione perplessa.

«Sì. Ma ho capito che stasera direi solamente delle cose sbagliate.»

«Allora lascia che parli io.»

«No. So che cosa vuoi dirmi, e non l'accetto. Mi sono innamorato di te e ho bisogno di tempo anch'io, Laura.»

Era vero. Quella sera aveva capito di essere ormai senza difese contro un sentimento che credeva di non poter provare mai più. E ne aveva paura anche lui.

Dopo che Luca se ne fu andato, Laura mise il catenaccio alla vecchia porta: con quel gesto, il rituale di ogni sera, lasciava fuori tutte le tensioni e i problemi della giornata per ritrovare se stessa.

Ma mentre percorreva i tre metri che la separavano dal divano capì che la sua nicchia sicura era stata violata, così come i suoi sentimenti e le sue certezze.

Ho perso il controllo della mia vita, pensò desolata mentre si sedeva sul divano. All'indomani mattina suo padre la aspettava dal notaio per intestarle un attico. Glielo aveva preannunciato con una telefonata dal tono perentorio, la cui vera perentorietà era soltanto quella del ricatto affettivo: se mi hai perdonato e se non vuoi spezzarmi il cuore devi accettare. E aveva accettato per dimostrargli che il rancore era caduto, che gli voleva bene, che finalmente si era resa conto del suo amore. Perché non le aveva lasciato il tempo di gioire della scoperta? Intestandole una casa le aveva imposto questo amore con una violenza ormai inutile, defraudandola di quei sentimenti di figlia che per anni si era vietata: la tenerezza, il rispetto, la comprensione.

E si sentiva violentata anche da Luca: le inaspettate confidenze sul suo passato l'avevano profondamente turbata, facendoglielo sentire ancor più vicino. Come lei, si era lasciato alle spalle un passato doloroso. Ma, nonostante l'attrazione che provava e che lui certamente aveva avvertito, non intendeva allacciare una relazione sentimentale. Probabilmente erano due persone giuste che si erano incontrate nel momento sbagliato. Sbagliato per lei: era troppo confusa, troppo combattuta tra sentimenti contrastanti per potersi concentrare nel rapporto con un uomo. Perché Luca si rifiutava di capirlo? Detestava le persone egocentriche, e lui si era dimostrato tale: superate le proprie remore e vinta la propria diffidenza, riteneva che tutto fosse risolto. Aveva chiesto tempo per sé, dando per scontato che nel momento in cui si fosse sentito pronto lo sarebbe stata anche lei.

Il suo pensiero tornò fugacemente a Gloria e al suo comportamento raggelante. Alla Life tutti erano convinti che tra la figlia di Romano Forti e il dottor Biagi esistesse un rapporto molto intimo: e non significava nulla che Luca la definisse soltanto una buona amica.

Magari senza accorgersene, aveva creato in Gloria aspettative che andavano oltre l'amicizia e, sempre senza accorgersene, l'aveva costretta a ricredersi. Sicuramente Gloria aveva capito l'interesse che Luca mostrava per lei, l'ultima arrivata.

Laura non poteva diventare amica della figlia di suo padre, e per la stessa ragione non poteva permettersi di rendere ancor più complicato il loro rapporto aggiungendovi il veleno della gelosia.

Fin da bambina aveva dovuto capire che esistono cose *impossibili*: per mille ragioni, anche un rapporto con

Luca lo era. Ma più tardi, a letto, non riuscì a distogliere il pensiero da tutto quello che avrebbe potuto essere e tra loro non sarebbe mai stato. Scivolò in un sonno triste, e quando suonò la sveglia fu sopraffatta da tutti gli amari pensieri della sera prima. Compromessi, rinunce, ricatti: era questo l'amore?

Alle dieci un taxi la lasciò in via Sommacampagna, davanti allo studio del notaio. Suo padre era già arrivato e la stava aspettando davanti al portone. Come la vide, le andò incontro e la strinse in un abbraccio. «Grazie di essere venuta» le disse.

Il suo viso esprimeva un sollievo che fece capire a Laura quale dolore gli avrebbe dato rifiutando il dono di una casa.

Soltanto dieci minuti dopo, quando il notaio le mostrò la pianta della casa, Laura si rese conto di quanto munifico quel dono fosse: centosessanta metri quadrati suddivisi in quattro stanze. Il grande soggiorno si affacciava su una terrazza di cinquanta metri: già piantumata e arredata, come tenne a precisare l'agente immobiliare.

La sua presenza e quella del proprietario del palazzo impedirono a Laura di manifestare il proprio disagio. Era troppo. Con enorme fatica firmò tutte le carte che il notaio via via le porgeva. Alla fine le mise in mano una busta con le chiavi.

«Non dovevi» Laura disse al padre quando lasciarono lo studio.

Romano sorrise. «No, non dovevo. Ma *volevo* che tu avessi una bella casa. Ne ho visitate tante, ma solo questa mi ha dato la certezza che sarebbe piaciuta anche a te. Spero di non essermi sbagliato.»

«E come potrebbe non piacermi?» protestò.

Romano le circondò le spalle e la guidò verso la sua macchina. «Adesso l'andiamo a vedere, la tua casa.»

«Papà, non oggi.» Il sovraccarico di tensioni accumulate dalla sera prima era tale da non lasciare spazio a sorpresa, apprezzamento, gioia.

Romano non insistette: perché aveva capito? Perché gli bastava aver convinto la figlia ad accettare una casa? «D'accordo. Ma vorrei stare un po' con te. Hai tempo?»

«Ho chiesto un giorno di permesso...»

Laura non avrebbe mai dimenticato le ore trascorse con lui: furono quelle che le restituirono un padre. Romano la condusse a Ostia. E tenendola stretta a sé, quasi a voler recuperare tutti gli anni di fisicità perduta, rievocò gli eventi che avevano preceduto ed erano seguiti alla sua nascita. Consapevole che per la prima volta Laura lo ascoltava col desiderio di comprendere, e non per condannarlo, si lasciò andare. Parlò senza difese, senza pudori.

E Laura capì che suo padre aveva sofferto quanto lei per un compromesso sempre più pesante, sempre più insostenibile. A sua volta gli aprì il cuore. «Sono cresciuta intossicata dal rancore. E più mia madre ti difendeva, più io detestavo la tua prudenza, il tuo *non esserci*. Succedeva a Natale, nel giorno dei miei compleanni, agli inizi di ogni nuovo anno di scuola. Mi sentivo diversa, colpevole... Quasi fosse colpa mia se ero l'unica bambina senza padre.»

«E io mi sentivo in colpa perché solo con la tua nascita mi sono sentito padre... Non aspettavo che il momento di vederti: Amalia e Gloria erano il dovere, tu la felicità, l'orgoglio... Scegliendo di proteggere loro, mi sono autopunito per questo. Ma adesso basta: devono sapere la verità.»

«No» Laura disse con forza. «Ormai servirebbe soltanto a ferirle, e non lo meritano. A me basta averti ritrovato, sapere finalmente che ho un padre.»

Passeggiarono sulla spiaggia deserta. Andarono a mangiare in una trattoria con la terrazza sul mare. Tornarono a sedersi sulla spiaggia: sì, quella sarebbe rimasta per Laura una giornata indimenticabile.

Prima di lasciarla Romano le mise in mano un assegno. «È per arredare la casa, Laura.»

E Laura lo accettò senza protestare perché per la prima volta il ricevere qualcosa la faceva sentire una figlia protetta e rassicurata da un padre amoroso. Gli diede un bacio sulla guancia. «Grazie di tutto, papà.»

Amalia sollevò lo sguardo dalle fotografie e incrociò quello del detective: doverosamente mesto, ma con una luce d'orgoglio.

«È disgustoso» disse col viso in fiamme.

«Capisco. Come vede, ho seguito suo marito per l'intera giornata, dall'incontro con la ragazza davanti allo studio del notaio fino alla passeggiata sul...»

«Ha fatto un ottimo lavoro» lo interruppe.

«Come potrà notare, ho ingrandito il particolare della mano di suo marito: si nota chiaramente che sta dando un assegno alla ragazza» il detective tenne a sottolineare.

È disgustoso, Amalia pensò quando finalmente rimase sola. Andò nella sua stanza da letto e nascose le fotografie nella sua piccola cassaforte personale.

L'agenzia investigativa si era impegnata a scoprire al più presto il nome della ragazza e la sua storia. La rovinerò. E rovinerò anche Romano, Amalia pensò con ferocia. L'odio aveva travolto anche il disgusto.

IX

Laura approfittò del primo sabato libero per andare a visitare la nuova casa. Sapeva che si trattava di una vecchia mansarda ristrutturata recuperando anche il solaio: "senza risparmio di idee e di materiali", avevano tenuto a precisare il proprietario e l'agente immobiliare.

Ma nessuna descrizione era adeguata a ciò che vide quando ne varcò la soglia: il calore dei pavimenti di cotto originari, accuratamente salvati, le vecchie travi a vista, i grandi lucernari che sembravano incorniciare il cielo… Per qualche istante Laura si guardò attorno intimidita: troppo spazio, troppo lusso, non avrebbe mai potuto sentire *sua* quella casa.

Ma la sensazione di estraneità si attenuò via via che scopriva altri particolari: il soffitto a vela d'una stanza, i davanzali in pietra grezza, le nicchie a mezzaluna… Quella casa aveva difeso la propria bellezza e ne trasmetteva la serenità, l'armonia.

E Laura provò un empito di gratitudine per suo padre che l'aveva scelta, ne era sicura, avvertendo le sue stesse sensazioni. Con quel regalo le aveva offerto non soltanto la sicurezza di un luogo dove abitare, ma anche protezione, calore.

Tolse il metro dalla borsetta e cominciò a prendere le misure dei muri: quello che le era sembrato un fastidio, arredare un appartamento di cui non sentiva alcun bisogno, d'un tratto la riempiva d'eccitazione. Quella era la *sua* casa e, grazie all'assegno di suo padre, poteva permettersi di aggiungere bellezza a bellezza scegliendo i mobili più adatti.

Lo chiamò sul cellulare per dirgli che era *entusiasta* della casa. E fu lui stesso a indirizzarla dai fratelli Ferri, proprietari e gestori di uno spazio arredo in cui avrebbe potuto trovare sia mobili moderni sia pezzi di antiquariato.

Laura vi andò quel giorno stesso. La visita era stata evidentemente preannunciata da suo padre perché entrambi i fratelli si dedicarono a lei guidandola attraverso tutti gli spazi di esposizione.

Dopo quattro ore, aveva praticamente trovato tutto ciò che serviva per arredare la casa, compresi i mobili per la cucina e gli arredi per i due bagni.

Ebbe un trattamento di favore anche per i tempi di consegna: tutto sarebbe stato recapitato e montato entro due settimane.

All'indomani, domenica, Laura era libera ma reperibile. A differenza di molti colleghi non le pesava affatto il dover restare a disposizione per eventuali emergenze: reperibile o no, nei giorni di festa restava sempre in casa.

La rilassava fare le pulizie, riordinare, starsene oziosamente seduta a guardare la videocassetta di un vecchio film. Quella domenica cominciò a organizzarsi per il trasloco. Non aveva certamente bisogno di un'impresa: un paio di scatoloni e alcune sacche sarebbero stati sufficienti per trasportare lei stessa, con tre o quattro viaggi, le poche cose di sua proprietà.

Per prima cosa scrisse una raccomandata all'amministratore per dare la disdetta dell'appartamento, sperando che non le facesse pagare i mesi che ancora mancavano alla scadenza del contratto annuale. Al momento della firma le aveva detto che le richieste erano moltissime e sarebbe bastato un mese di preavviso.

Scritta la lettera, la mise nella borsa per non dimenticare di spedirla. Poi prese dei vecchi giornali e incominciò a impacchettare i soprammobili, riponendoli via via in una sacca. Proseguì con le fotografie e i libri.

Quando ebbe riempito tutte le sacche che aveva a disposizione decise di fare il primo viaggio nella nuova casa per svuotarle e poterle, poi, nuovamente utilizzare. Ma prima si sarebbe concessa una pausa. Preparò un panino e andò a mangiarlo davanti al televisore.

Il telefono squillò alle tre del pomeriggio: era Luca. «Puoi venire alla Life? È arrivato anche Olivares, c'è un'emergenza.»

La giovane promessa dello sci, Beppe Anselmi, uscito all'alba dalla discoteca con la sua ragazza, aveva imboccato una curva a tutta velocità andando a schiantarsi contro un grande platano.

Erano occorse due ore per estrarli dai rottami: mentre la ragazza se l'era miracolosamente cavata con una frattura alla testa dell'omero, Beppe aveva la gamba destra maciullata e pressoché recisa sotto al ginocchio. Era stato suo padre, un noto industriale alberghiero molto amico di Diego Olivares, a farlo trasportare alla Life.

Laura apprese questi particolari dopo aver visitato la

ragazzina e messo in trazione l'arto in attesa di poterlo ingessare. Fu Luca a raccontarglieli, mentre raggiungevano insieme lo studio di Olivares.

«Diego ha chiamato Hasselt a Londra, ma il professore ha un congresso e deve eseguire due interventi programmati: purtroppo non potrà essere alla Life prima di giovedì.»

«È possibile aspettare quattro giorni?» Laura chiese perplessa.

«No. Purtroppo, dopo aver esaminato tutto il dossier che Diego gli ha mandato via internet, il consiglio di Hasselt è quello di amputare subito l'arto. La possibilità di salvarlo è infinitesimale mentre sono enormi i rischi di una necrosi.»

Era quanto Olivares stava spiegando a Fabio Anselmi, il padre del ragazzo. Alla vista di Luca e Laura si interruppe e fece le presentazioni.

L'uomo appariva sconvolto. «Non posso arrendermi!» Si rivolse a Laura. «Diego mi ha detto che lei è stata allieva di Hasselt... Sicuramente avrà visto altri casi come quello di mio figlio. Escludo che il professore, un mago della microchirurgia ossea, sia sempre ricorso all'amputazione!»

«In alcuni casi, purtroppo, è il solo rimedio possibile.»

«Ma lei non ha ancora visitato mio figlio! Non ha ancora visto le radiografie e le...»

«Le ha viste Hasselt» Diego lo interruppe.

«Non esiste soltanto lui.» Fabio Anselmi si alzò di scatto. «Lo porto via. In America, in Giappone... dovunque si trovi un chirurgo disposto a operarlo.»

Aveva, chiaramente, perso la testa. Laura gli posò una mano sul braccio. «La prego, rifletta. Beppe non è nelle condizioni di essere trasportato: rischierebbe di non arrivare vivo.»

«Mi ha detto che preferisce morire piuttosto che vivere come un mutilato.»

Laura rifletté qualche istante. «Ci dia tempo sino a domattina.» Si rivolse a Olivares. «Esamineremo a fondo la situazione e, se esiste una minima possibilità di salvare l'arto, possiamo chiamare da Milano il professor Germi per eseguire l'intervento.»

Lo sguardo di Anselmi s'illuminò. «Chiamiamolo subito. Gli mando un aereo privato.»

Olivares lanciò un'occhiata di disapprovazione a Laura. «Non ho niente in contrario, ma temo che ci stiamo distogliendo dal vero problema per coltivare false illusioni.»

«Aspettando fino a domattina non rischiamo nulla» Laura ribatté.

Luca ebbe uno scatto. «E chi lo dice? Non puoi prenderti questa responsabilità!»

«Me la prendo io» intervenne Anselmi. «Firmerò una liberatoria per la vostra clinica, per la dottoressa Gellini... Se esiste una sola possibilità su un milione che la gamba si possa salvare, io voglio che non sia lasciata cadere.»

Il professor Germi arrivò da Milano alle nove di sera e andò direttamente alla Life. Due ore dopo, quando ebbe ben chiara tutta la situazione, riunì nello studio di Olivares il padre del ragazzo e lo staff che sarebbe entrato con lui in sala operatoria: tre infermieri, due ferriste, due anestesisti, Luca, Laura e Olivares.

L'intervento, esordì Germi, andava eseguito quella sera stessa perché l'assenza di circolazione sanguigna rischiava di aggravare ulteriormente le condizioni del ragazzo.

«Siamo di fronte a due scelte: l'amputazione oppure un intervento conservativo» proseguì. «Quest'ultimo è tecnicamente possibile: si tratta, per la precisione, di una serie di interventi mirati a ricostruire tutti i legamenti e le terminazioni nervose. Quanto alla ricostruzione ossea, occorrerà ricongiungere i monconi, quasi tranciati, con il supporto di apposite placche. Ripeto: tecnicamente tutto questo è fattibile, ma all'atto pratico esistono ben poche probabilità di salvare l'arto. E non è escluso che domattina, o tra una settimana o tra un mese, si debba ugualmente procedere all'amputazione: è sufficiente che un solo, minuscolo frammento resti senza irrorazione sanguigna per mandare in necrosi tutta la gamba. A questo punto, la decisione spetta soltanto al padre del ragazzo.»

«Se fosse suo figlio, lei che cosa farebbe?» Fabio Anselmi gli chiese.

Il professor Germi si irrigidì. «Questo problema non si può risolvere in un'ottica emotiva.»

Laura si schiarì la voce. «Professore, ricorda il caso di quella giovane ballerina milanese che lei operò due anni fa al Richmond's con Paul Hasselt?»

Il professore strinse gli occhi. «Sì, certo.»

«Era un caso simile a questo. Io ero in sala operatoria, con altri due specializzandi, e non dimenticherò mai i momenti che precedettero quell'intervento. La povera ragazza le prese le mani e le disse che si affidava totalmente a lei... Qualunque cosa lei avesse deciso, era certa che non si sarebbe potuto fare diversamente. Io aspettai col fiato sospeso, pensando alla enorme responsabilità di cui la ragazza l'aveva investito. E lei...»

Laura si interruppe, rendendosi conto che tutti gli sguardi erano puntati su di lei: perplessi, disapprovanti.

Fu Germi a proseguire: «Io chiesi a Hasselt che cosa avrebbe deciso al posto mio... E Hasselt mi rispose che la ragazza non era arrivata fin lì per tornare a casa con una gamba sola... Si *fidava* di me perché sapeva che avrei avuto il coraggio di tentare, di rischiare...»

Laura annuì. «La stessa cosa vale per il signor Anselmi. Lui e suo figlio vogliono tentare l'impossibile, e chiedono a lei il coraggio di farlo.»

Si udì per la prima volta la voce di Gloria: secca, polemica. Rivolgendosi a Laura disse: «Belle parole! Ma tutti sappiamo a quale calvario il ragazzo andrà incontro. Ne vale la pena, per una speranza irrisoria? Potrà tornare forse a sciare? La ragazza di cui parliamo è tornata a ballare?».

Fu Germi a risponderle. «Non come professionista. Ma conduce una vita assolutamente normale: cammina, guida, si reca al lavoro e al sabato sera va col fidanzato in discoteca.»

Anche la voce del professore era aspra. Guardò Fabio Anselmi e aggiunse, in tono di colpo amichevole: «È difficile che i miracoli si ripetano, ma se il ragazzo fosse mio figlio io tenterei».

«Grazie. È la risposta che cercavo...»

Poco prima di entrare in sala operatoria Gloria si avvicinò a Laura. «Complimenti per l'esibizione: la Life ha una nuova eroina» sibilò.

«Ma di che cosa stai parlando? Ti pare il momento di sfogare i tuoi livori personali?»

Luca si avvicinò perplesso. «Che cosa sta succedendo?»

«Assolutamente niente di cui valga la pena di parlare» Laura tagliò corto.

«Gliene parlerai dopo, secondo il tuo stile» Gloria sibilò girandole le spalle.

Luca la seguì con lo sguardo e poi fissò Laura. «Perché ce l'ha con te?»

«Bella domanda. Ma adesso lasciamo perdere.»

«Germi vuole vederti con me e con Olivares per spiegarci tutte le fasi dell'intervento. Conta molto sulla nostra collaborazione.»

L'operazione ebbe inizio a mezzanotte e per oltre otto ore Germi restò curvo e immobile. Lavoravano soltanto le sue mani: Laura di tanto in tanto sollevava lo sguardo sul monitor per seguire i momenti più salienti. Il moncone, accuratamente ripulito e sterilizzato, era unito alla gamba soltanto da un paio di centimetri di muscolo e da un segmento di osso rimasto intatto. Ingrandito dal monitor, sembrava un pezzo di carne morta esposta nel bancone di una macelleria: ma d'un tratto, alle quattro del mattino, l'arto cominciò a irrorarsi di minuscole gocce di sangue nel punto in cui era stato reciso.

Tutto lo staff se ne accorse e il silenzio fu spezzato dalla voce di Germi. «La circolazione è riattivata, adesso bisogna ristabilire il contatto con l'altra metà della gamba.»

Dal moncone emergevano, come in una carta geografica a rilevo, tutti i collegamenti da ristabilire. «Inizio dal centro» Germi spiegò.

Nella sala scese di nuovo il silenzio, spezzato dalla voce degli anestesisti e da quella di Laura che chiedeva via via alla ferrista gli strumenti di cui il professore aveva bisogno.

Alle nove del mattino Germi sollevò la testa e fece cenno a un'infermiera di liberargli gli occhi. «Ho bisogno di una pausa» disse stremato. Poi si rivolse a Laura, dandole confidenzialmente del tu. «Prosegui a suturare e tieni d'occhio la safena.»

«Va bene, professore.»

Non un attimo di esitazione, non un cenno di paura. L'ammirazione di Luca crebbe a dismisura e notò che anche Olivares stava guardandola con approvazione.

Prima di andarsene, Germi si rivolse a lui, con lo stesso tono confidenziale. «Mettiti accanto alla Gellini e alternatevi.»

Fu quanto fecero durante le tre ore che seguirono. Luca dovette stupirsi ancora una volta per l'abilità di Laura. E apprezzò che di tanto in tanto, con grande umiltà, gli chiedesse un suggerimento o si facesse da parte pregandolo di sostituirla. Luca non aveva mai eseguito un intervento simile a quello, ma come specialista di chirurgia maxillo-facciale aveva indubbiamente più esperienza di lei nel suturare, ricostruire, ricollegare.

Germi rientrò in sala operatoria alle undici del mattino, accompagnato da Diego Olivares, e invitò Laura e Luca a prendersi a loro volta una pausa. Tutto il personale di sala fu cambiato, dalle ferriste alle infermiere, agli anestesisti.

Gloria si allontanò in gran fretta senza nemmeno salutare, ma Luca e Laura erano troppo stanchi e tesi per accorgersene. La caposala si avvicinò a loro: «Ho fatto arrivare dalla cucina qualcosa da mangiare. E dopo potete andare a riposare in infermeria» disse premurosamente.

Laura non ricordava di aver mai gustato tanto un piatto di minestra calda. In certi momenti, niente dà più gioia del sentirsi coccolati e accuditi, pensò silenziosamente. Le venne in mente il caffè con le paste che aveva trovato a casa dopo i funerali di sua nonna. Anche il cibo, offerto amorosamente, dava un enorme conforto.

Si accorse che Luca la stava fissando e gli sorrise. «Sto bene.»

«Anch'io. Non mi sono mai sentito vicino a una persona come a te in queste ore. Sapevo che cosa pensavi e che cosa facevi... Potevo prevedere ogni tuo gesto, ogni tua richiesta.»

«Credi che Beppe ce la farà?»

«E me lo chiedi? Proprio tu che ti sei battuta tanto per convincere Germi a tentare questo intervento? Adesso sono *sicuro* che ce la farà.»

«Anche a superare il calvario che lo aspetta?»

«Adesso devi riposare. È la stanchezza che ti fa vedere tutto nero...»

Luca avvicinò il suo lettino a quello di Laura e la aiutò a sdraiarsi. Poi si sdraiò a sua volta e le prese una mano. Pochi minuti dopo la vide addormentarsi. Io amo questa donna, pensò.

Era incredibile: in quelle ultime ore si era innamorato anche della collega. Laura gli faceva apparire qualità irresistibili quelli che per anni gli erano sembrati difetti insopportabili. Le accarezzò dolcemente il viso abbandonato nel sonno. In quel viso aveva visto coraggio, ostinazione, rabbia, concentrazione spasmodica. Era una donna unica e ormai non avrebbe più potuto rinunciare a lei.

Le prese, di nuovo, la mano e anche lui scivolò nel sonno. La caposala venne a svegliarli alle due del pomeriggio.

Beppe era cosciente, ma sedato con gli antidolorifici. Il medico che aveva sostituito Gloria spiegò sottovoce che dopo un'anestesia di oltre quattordici ore anche il ragazzo aveva bisogno di una pausa.

Germi si era allontanato con Olivares per esaminare sull'ingranditore le fotografie dei collegamenti ripristinati, delle suture e dei primi inserimenti delle placche di supporto. Quando rientrò in sala annunciò che, tecnicamente, tutto stava procedendo per il meglio. «Ho bisogno di altre due ore.»

Furono quelle più delicate e faticose. Germi, evidentemente stremato, chiese a Laura e a Luca di alternarsi a lui. E fu Luca, alla fine, a eseguire il bendaggio semirigido dell'arto operato.

Beppe fu trasportato nel reparto di terapia intensiva, dove avrebbe trascorso le prossime quarantotto ore. Germi lasciò la Life dopo aver ribadito, anche al padre del ragazzo, che l'intervento era tecnicamente riuscito: ma era troppo presto per avere la certezza che l'arto fosse salvo. Raccomandò a Luca e a Laura una sorveglianza continua e un massiccio bombardamento di anticoagulanti e di antibiotici. Al primo segno di stasi sanguigna o di necrosi, occorreva procedere senza indugi all'amputazione.

L'ultimo saluto fu per Olivares. «Mi complimento per la tua équipe: hai dei chirurghi eccellenti» gli disse stringendogli la mano.

Nessuno si era accorto che Gloria era rimasta fuori dalla sala operatoria nell'ultima fase dell'intervento.

«Avrei dovuto riprendere il mio posto dopo la pausa di riposo, ma sono stata esclusa!» si confidò con la madre quando arrivò a casa, incapace di contenere la propria rabbia.

«Sei una brava anestesista, perché avrebbero dovuto escluderti?» Amalia tentò di placarla.

«Perché in sala operatoria c'era posto per una sola star: Laura Gellini! Sempre lei!»

Laura avrebbe trascorso quella notte alla Life, di guardia con Luca: la odiava. Le stava portando via tutto.

X

Senza saperlo, Amalia Forti si era rivolta all'agenzia investigativa meno adeguata alla sua esigenza primaria: la fretta di sapere. Alex Cerri, titolare e direttore, svolgeva il proprio lavoro con la collaborazione di abili detective e il supporto delle più sofisticate tecnologie.

Ciò che Cerri detestava era proprio la fretta: le indagini andavano svolte con la massima accuratezza e gli esiti documentati al cliente in modo inconfutabile. Dopo aver mostrato ad Amalia le fotografie che provavano la relazione del marito con una giovane ragazza, si era rifiutato di darle ulteriori anticipazioni: a lavoro finito, avrebbe ricevuto un dossier con tutte le risposte e le prove che desiderava.

Amalia fremeva di impazienza e di rabbia. Romano non si sforzava neppure più di cercare scuse plausibili per giustificare i suoi ritardi o le cene fuori casa.

Non poteva sfogarsi con Gloria: anche lei stava attraversando un periodo nero, e sarebbe stato inopportuno buttarle sulle spalle anche i suoi problemi. Dopo trent'anni vissuti per la famiglia, Amalia si ritrovava di fronte a un bilancio amarissimo: suo marito stava per abbandonarla e, alle soglie dei trent'anni, sua figlia era ancora sola.

Forse era anche per colpa sua. «Le hai inculcato una tale autostima che nessun uomo le sembra all'altezza!» scherzava l'amica Carla. L'unico di cui si fosse innamorata, Luca Biagi, aveva perso la testa per una collega esibizionista e furba che stava cercando di nuocere anche professionalmente a sua figlia.

Non era giusto. E Amalia non sopportava di sentirsi impotente: nella sua vita si era sempre comportata onestamente e non ammetteva che delle persone senza scrupoli come l'amante di suo marito o la collega di Gloria potessero agire impunemente. Sopraffatta da un moto di ribellione, telefonò alla Life e chiese di parlare con Luca Biagi.

Non sapeva che cosa dirgli, e stava annaspando alla ricerca di un pretesto qualunque, quando la centralinista le passò la linea.

Improvvisò coraggiosamente, e mentre parlava si accorse che era quello che voleva dirgli. «Vorrei vederla, Luca. È successo qualcosa che desidero chiarire. Perché stasera non viene a cena a casa mia? Gloria è di guardia alla Life e saremo soli...»

«Mi dispiace, Amalia, ma in questi giorni sono molto preso. Abbiamo eseguito un intervento molto difficile: il ragazzo deve essere sorvegliato ventiquattro ore su ventiquattro e praticamente vivo in clinica.»

«Gloria me lo ha detto. Mi dispiace che lei sia tanto preso... Volevo parlarle proprio di mia figlia.»

«Possiamo farlo adesso, se crede.»

Non era la stessa cosa che incontrarlo a casa, ma a quel punto non poteva aspettare, rischiando che la situazione diventasse irreparabile.

«Sono preoccupata per Gloria» disse d'un fiato. «Non l'ho mai vista così scontenta e tesa.»

«Nemmeno io. Probabilmente risente dei problemi della sua famiglia.»

Quell'osservazione infastidì Amalia. «Gloria risente del clima di ostilità e malevolenza che qualcuno ha creato alla Life per emarginarla» sbottò.

«Non capisco...»

«Questi giochi si fanno con abilità e con furbizia: non mi meraviglio affatto che lei non si sia accorto di nulla.»

«Parli chiaramente: chi farebbe questi giochi?»

«Laura Gellini. Fingendosi amica di...»

«La dottoressa Gellini è la persona più leale che conosco» Luca la interruppe con durezza.

«È stato leale riferirle della disattenzione di Gloria in sala operatoria? È stato leale estrometterla dall'ultima fase di un intervento importante, trattenendo l'altro anestesista?» Amalia si accorse che stava urlando e abbassò subito la voce. «Se riflette bene, Luca, deve ammettere che l'ottimo rapporto che Lei aveva con mia figlia è diventato inesistente da quando la Gellini è arrivata alla Life.»

Luca mise termine alla telefonata imponendosi di restare calmo. Che fossero i pettegolezzi di una madre invadente oppure le paranoie di Gloria, gli avevano comunque causato una reazione di grande fastidio. Purtroppo non poteva permettersi di lasciar cadere tutto nel silenzio né liquidare il disagio di Gloria come paranoia.

Era indubbio che il rapporto con lei si era allentato sino a diventare inesistente, e Gloria non sbagliava attribuendone la causa a Laura. Gli dispiaceva averla ferita e non poteva vietarle di essere gelosa. Ma la sua animosità andava oltre, investendo anche la sfera professionale. Era stata la ferrista, e non Laura, a raccontare quanto era successo in sala operatoria. Laura era incapace di colpi bassi e di slealtà, e non riusciva a capire da dove Gloria avesse tratto la certezza di essere perseguitata da lei.

Per quanto sgradevole fosse, aveva il dovere di affrontare il discorso e chiarire ogni possibile fonte di malinteso. Mentre percorreva il tratto di corridoio che lo separava dallo studio di Gloria fu sopraffatto dall'ira e dal senso del ridicolo: lavorava in una clinica, tra professionisti adulti, oppure all'asilo Mariuccia, tra bambini capricciosi?

L'approccio di Luca fu brusco. «Quali sono i tuoi problemi?»

Il sorriso di Gloria si spense. «Da dove comincio?» chiese amara.

«Mi interessano soltanto quelli di lavoro. Vogliamo cominciare dal tuo rapporto con Laura Gellini?»

Gloria fece una smorfia. «Dovevo aspettarmelo. Di cosa altro mi accusa?»

«Siccome ho il giro del reparto da fare e desidero tagliare corto con questo ridicolo chiarimento, entro direttamente nel merito: non ti accusa di niente. Non ti ha mai accusato di niente. È stata la ferrista, e non Laura, a sputtanarti per il tuo comportamento in sala operatoria. Laura ha minimizzato, ti ha difeso, si è infuriata con la ferrista. E non è stata lei a estrometterti dall'ultima fase dell'intervento di Beppe. Il professor Germi lo ha iniziato con mezz'ora di anticipo, tu eri ancora in pausa e il tuo collega anestesista è rimasto in sala. Scusa se nessuno di noi, in quei momenti, si è preoccupato di urtare la tua suscettibilità.»

«Bene. Hai riabilitato la meravigliosa dottoressa Gellini. Che cosa ti aspetti che faccia?» Gloria chiese in tono polemico.

Luca ebbe il sospetto che i suoi chiarimenti non fossero serviti a nulla. L'animosità di Gloria era ormai radicata e non aveva bisogno di motivi concreti per esplodere.

Avrebbe dovuto intervenire prima, invece di attribuire i suoi comportamenti ostili a capricciosità. Si stupì di essere stato inizialmente attratto da Gloria, ritenendola una donna equilibrata, rasserenante e gentile.

Quel pensiero gli tornò fastidiosamente in mente più tardi, quando condusse Laura a mangiare una pizza prima di tornare insieme alla Life per un'altra notte di guardia.

La stanchezza di Laura sembrava essersi improvvisamente dissolta: ordinò una margherita con doppia mozzarella e doppio pomodoro e nell'attesa divorò due bruschette.

Luca la guardò incantato. *E se sbagliassi di nuovo?* Scacciò il pensiero con una vecchia battuta. «È più economico regalarti un cappottino che portarti a cena!»

«È l'effetto pizzeria. *Adoro* le pizzerie» Laura rispose con la bocca piena. Gli indicò intorno. «Lo vedi? È il locale dei fidanzatini e delle coppie con i bambini.» Mio padre non mi ha mai portato in una pizzeria, fu sul punto di aggiungere.

Luca le strinse una mano. «Vorrei che fossi la mia fidanzatina.»

«Ho ventotto anni, mi sono persa quell'età.»

«Possiamo passare direttamente a coppia» Luca disse con voce leggera.

«Appena arrivata a Londra ho conosciuto un uomo... un medico del Richmond's» disse inaspettatamente.

Il suo sguardo si perse lontano e Luca aspettò invano che continuasse. «Sei ancora innamorata di lui?» la sollecitò, con il batticuore.

Laura scosse vigorosamente la testa. «No. Dopo la prima e unica notte d'amore andai in ospedale estasiata e fiera, e seppi dalla caposala che era sposato e padre di tre bambini.»

«Per te deve essere stato...»

«Sconvolgente? Terribile? No. Alla fine riuscii persino a essergli grata: mi aveva liberato dal complesso della vergine e insegnato a non fidarmi dell'istinto.»

«Credi che tutti gli uomini siano come lui?» Luca protestò. «È di questo che hai paura?»

«Stanno arrivando le pizze: non guastarmi questo momento.»

Un'ora dopo, mentre tornavano alla Life, Luca riprese il discorso. «Hai paura di me o di innamorarti?»

Laura si fermò. «Ma io ti amo già.»

«Anche io. Perché non mi credi?»

«Spiegami che cosa provi per me.»

Luca la guardò, stupito per quella domanda. «Mi fai stare bene. Ogni volta che ti guardo sento un tuffo al cuore. Mi trasmetti gioia, forza, energia. Ogni tanto mi fai anche infuriare... Sono pazzo di te, Laura.»

«Ecco: è questo a farmi paura. Ogni tanto ripenso a come eri: razionale, controllato.»

«Diffidavo della passione, ma adesso...»

«Adesso ne sei preso. Sei *pazzo* di me. Questo lusinga il mio narcisismo, ma mi raggela.»

«Che cosa devo fare? Che cosa ti aspetti da me?»

«Sicurezza.» Ricambiò lo sguardo di Luca. «Non sono stata mai *sicura* di me, delle mie scelte, dei miei affetti e adesso sono estenuata. Da un rapporto mi aspetto soltanto certezze: la certezza di essere amata, di essere creduta... Se il mio uomo mi trovasse a letto con un altro e gli dicessi che poco prima era un ranocchio, dovrebbe fidarsi ciecamente. E io farei altrettanto. L'amore vero è questo.»

Luca la prese per le spalle. «Mettimi alla prova.» Era la prima volta che la teneva contro di sé e il desiderio di lei fu così acuto da fargli male. Ma non voleva spaventarla, non voleva forzarle la mano. Si staccò lentamente. «È tardi. Torniamo alla Life.»

Prima di smontare, la caposala preparava per loro due lettini nell'infermeria. Ogni due ore, a turno, Laura e Luca si alzavano per andare a controllare Beppe. L'attenzione si focalizzava sul piede dell'arto riattaccato: l'assenza di gonfiore o di ristagni e il colore roseo delle dita stavano a significare che la circolazione sanguigna era ristabilita e continuava a funzionare. Ma molti altri pericoli erano ancora in agguato: una infezione, un'embolia, un focolaio di necrosi.

E incombeva la grande incognita: l'arto ricongiunto avrebbe alla fine recuperato sensibilità e funzionalità? Laura non si era mai sentita tanto coinvolta. Soltanto la vicinanza di Luca le impediva di crollare.

Ma quella sera, poco dopo essere tornati dalla pizzeria, Luca fu chiamato al pronto soccorso per un consulto: una bambina, correndo, aveva sbattuto il viso contro il vetro del bagno e occorreva sia rimuovere alcune schegge sia ricomporre la frattura del setto nasale. Alla fine dell'intervento Gloria, che era entrata in sala con lui, chiese di vedere Laura. «Devo scusarmi con lei» spiegò a Luca.

Fu quanto fece, spiegandole i motivi per cui aveva dubitato di lei.

Laura la ascoltò incredula. «Che cosa aspettavi a parlarmene?» disse alla fine, con amarezza.

«Ho sbagliato. Adesso ho capito che non potresti mai tradire l'amicizia di qualcuno...»

«L'amicizia non c'entra. So di avere un brutto carattere, ma sono una persona corretta, *con tutti*. I colpi bassi e gli intrighi mi ripugnano.»

«È quello che mi ha detto Luca. Alla Life hai solamente difensori... Ti chiedo scusa di nuovo.»

Laura captò la nota di acredine e la sua amarezza crebbe. Gloria aveva tutte le ragioni per detestarla: senza intrighi e senza malizie lei era riuscita a farsi amare da Luca. Ma si vietò di sentirsi in colpa: Gloria aveva avuto tutto, persino un padre che non era il suo. Adesso, per la prima volta, era lei a perdere.

I mobili erano arrivati e uno dei fratelli Ferri telefonò a Laura per comunicarglielo e per fissare il giorno della consegna. Laura chiese di rinviare di una settimana.

Dopo le prime sacche trasportate nella mansarda, non aveva più avuto il tempo di tornarvi né di proseguire a impacchettare gli altri oggetti. Alla mattina faceva una corsa nella vecchia casa per fare una doccia e cambiarsi, e poi tornava subito in clinica.

Suo padre le propose di dargli le chiavi dell'attico: avrebbe pensato lui a ricevere gli addetti del mobilificio e ad aspettare che montassero i pensili dei bagni e della cucina. Laura accettò con sollievo.

Anche se nell'ultimo periodo si erano sentiti soltanto per telefono, il loro rapporto si era fatto più profondo. Lei lo sentiva vicino. Avvertiva la sua tenerezza, il suo interessamento, il suo amore. "Sono orgoglioso di te" le aveva detto dopo l'operazione di Beppe.

Romano si mise in contatto con i Ferri per concordare la consegna dei mobili e, la sera prima del giorno stabilito, Laura lo raggiunse nella nuova casa per mostrargli come avrebbero dovuto essere sistemati.

Le dispiacque dover rifiutare il suo invito a cena. «Domattina arriverà da Milano il professor Germi, per una visita di controllo, e stasera devo consultare tutte le cartelle cliniche con il mio collega» gli spiegò.

Nello sguardo di Romano comparve come un'ombra. «È Luca Biagi?» chiese. Anche la sua voce era strana.

«Sì, lui.» Laura lo fissò perplessa, ma il suo intuito,

addestrato da anni di diffidenza e di sospetti, fugò in pochi istanti ogni dubbio.

«So che tua figlia lo frequentava, ma Luca Biagi non è mai stato innamorato di lei» disse aggressivamente.

«Gloria è ancora interessata a lui.»

«Anch'io. E non intendo farmi da parte, se è questo che vuoi chiedermi.»

«Non posso chiedertelo, se... se è troppo tardi.»

«Bene, il discorso è chiuso.» Solo in quel momento si accorse che suo padre aveva il viso smagrito e dal colorito grigiastro. Non voglio preoccuparmi, non voglio sentirmi in colpa, pensò con ira. Ma quando tornò alla Life continuò a pensare a lui: sentendosi proprio così, preoccupata e in colpa. Per la prima volta le fu difficile concentrarsi sul lavoro e la revisione delle cartelle di Beppe le costò una enorme fatica. Anche Luca era stremato. Quanto tempo ancora sarebbero riusciti a resistere, con quegli orari e quella continua tensione?

Ma al mattino dopo il professor Germi risolse i loro problemi e li restituì alla normalità. Dopo aver visitato Beppe Anselmi e preso visione delle cartelle, si mostrò sorpreso per l'eccezionale decorso postoperatorio e si consultò con Olivares per concordare il trasporto del ragazzo a Milano.

Il ricovero nel suo reparto, spiegò, gli avrebbe consentito di seguirlo più da vicino e di programmare nel migliore dei modi i due prossimi interventi.

Olivares concordò con questa decisione e Fabio Anselmi riuscì a organizzare in poche ore il trasferimento del figlio da Roma a Milano.

Beppe partì quel pomeriggio stesso, con un aereo attrezzato, assistito da un infermiere e un medico della Life. Il professor Germi decise all'ultimo minuto di imbarcarsi sullo stesso aereo. Due ore dopo che il ragazzo fu partito, Luca accompagnò Laura a casa.

«Che cosa è successo qui dentro?» chiese dando un'occhiata intorno. Le fotografie erano sparite dal cassettone, come tutti i soprammobili, e sul pavimento erano sparsi vecchi giornali e sacche vuote.

«Sto cambiando casa. Avrei già dovuto essere in quella nuova, ma mi è mancato il tempo di finire il trasloco.»

Luca la guardò perplesso. «Non me lo avevi detto.»

«Siediti, vado a cambiarmi e poi ti preparo qualcosa da mangiare. Abbiamo avuto cose più importanti di cui parlare» aggiunse con tono casuale.

«Hai ragione.» In realtà Luca avvertiva un sottile fastidio per quel silenzio. Cambiare casa non era come cambiare vestito, e Laura aveva preso questa decisione per conto suo. E non solo: era andata in giro a cercarla, l'aveva scelta, aveva firmato il contratto e trasportato le sue cose senza lasciarsi sfuggire una confidenza, senza chiedergli un suggerimento o un aiuto.

Quante altre cose gli taceva? Per la prima volta si rese conto di non sapere quasi nulla della vita privata di Laura. A parte un breve accenno al collega di Londra, non gli aveva mai parlato del suo passato, della madre scomparsa, del padre inesistente...

Qualche minuto dopo, quando Laura tornò da lui, Luca si era profondamente addormentato. Gli si sedette accanto e, senza che se ne accorgesse, la stanchezza fece scivolare nel sonno anche lei.

Luca si svegliò di soprassalto e guardò l'orologio: mezzanotte. Laura gli era scivolata addosso e continuava a dormire con la testa sulla sua spalla. Fece per allontanarla dolcemente, ma Laura lo trattenne con un borbottio assonnato. «Dove vai?»

«È tardi… continua a dormire, Laura.» La allungò sul divano e le depose un bacio sulla fronte.

Le braccia di lei gli circondarono le spalle. «Resta con me» disse in un sussurro. Ma la voce, adesso, era sveglia.

Quella notte fecero l'amore per la prima volta e tutti i dubbi, le paure e i brutti ricordi sparirono. È la mia donna, Luca pensò abbandonato su di lei. Con Laura aveva scoperto emozioni e sentimenti sconosciuti: non avrebbe più potuto tornare indietro e sottrarsi a quell'incantesimo. Laura spalancò i grandi occhi su di lui: vi lesse gioia, amore, fiducia.

XI

Il titolare dell'agenzia investigativa telefonò ad Amalia: l'indagine era conclusa e il dossier pronto per essere consegnato. Amalia, frenando la propria impazienza, gli diede appuntamento per l'indomani mattina alle dieci, ora in cui sia suo marito sia sua figlia erano sicuramente già usciti per andare al lavoro.

Amalia era preparata al peggio. Sapeva che quel dossier l'avrebbe messa di fronte al più squallido dei tradimenti e prima di andare a letto prese due tranquillanti: non poteva permettersi una notte insonne, all'indomani aveva bisogno di tutta la lucidità e l'autocontrollo per affrontare la situazione.

Alex Cerri arrivò alle dieci con un borsone in cuoio a soffietto, da manager, e una cartella rigida.

Anche il suo abbigliamento sembrava quello di un manager: giacca blu, calzoni grigi e cravatta regimental su camicia azzurra. Le cifre con le iniziali non si vedevano, ma Amalia avrebbe giurato che neppure quel particolare era stato disatteso.

Gli indicò il tavolo del soggiorno. «Se crede, può sistemare lì sopra le sue cose.»

«Avrei bisogno anche di un videoregistratore. Ma prima di entrare nel merito dell'indagine desidero ribadire la serietà con cui la mia agenzia lavora. Nessun interrogativo deve rimanere senza risposta, nessuna situazione sospesa: è la ragione per cui ho dovuto attendere fino ad oggi. Noi forniamo prove e certezze.»

Mise la borsa sul tavolo e ne estrasse il contenuto: videocassette, buste, cartellette. Il manager sembrava aver lasciato il posto a un prestigiatore e Amalia si ritrovò a seguire i suoi gesti, lenti e solenni, con il fiato sospeso.

«Tutti gli incontri di suo marito con la ragazza sono stati filmati,» Cerri esordì «e di ciascuna cassetta abbiamo selezionato i momenti più significativi riproducendoli in fotografie.»

Cerri le tolse da una busta e gliele mostrò, continuando a parlare. «Il loro nido d'amore è la mansarda che vede, acquistata da Romano Forti e intestata alla ragazza. Troverà cifre e fotocopie dell'atto notarile nella cartelletta che le lascio. Romano Forti ha provveduto anche alle spese dell'arredamento: i mobili sono stati acquistati dai fratelli Ferri e lo stesso Forti ha assistito al trasporto e al montaggio. Permette?»

Cerri si interruppe per porgerle un'altra serie di foto. «Come può osservare, il rapporto inizialmente teso della coppia si è fatto molto più affettuoso e intimo.»

«Mi risparmi i particolari! E la smetta di ripetere *Romano Forti...* Sta parlando di mio marito!»

«Mi scusi. La verità, me ne rendo conto, è molto dolorosa.»

«Mi risparmi anche i suoi commenti. Ha scoperto chi è la ragazza?»

Cerri la fissò con una espressione quasi offesa. «Sicuramente sì.»

Con un altro gesto da giocoliere estrasse il dossier da una cartelletta. «La ragazza si chiama Laura Gellini, ha ventotto anni e lavora come chirurgo ortopedico alla clinica Life.»

Amalia sbiancò. «Ha detto... Laura Gellini? Ne è sicuro?»

«Se così non fosse, non gliene parlerei. La Gellini è nata a Frosinone, e nel suo atto di nascita non figura il nome del padre. Nel marzo scorso ha perduto la madre. Ha studiato medicina alla Sapienza di Roma ed è andata a specializzarsi in Inghilterra. La sola persona che frequenta, oltre a suo marito, è il collega Luca Biagi, pure della Life. Questo è un supplemento d'indagine che mi sono permesso di fare e credo di averle offerto la migliore arma di offesa, signora Forti. Laura Gellini ha una relazione anche con il dottor Biagi. Troverà in una cartelletta e in un video le prove della notte d'amore trascorsa nella vecchia casa di lei... Credo che Romano Forti... scusi, suo marito, sarà molto sfavorevolmente sorpreso se lei deciderà di mostrargliele. È il classico gioco su due fronti: l'uomo anziano per interesse, l'uomo giovane per amore.»

Amalia inghiottì a vuoto. Adesso vomito, pensò. Credeva di essere preparata al peggio, ma mai avrebbe potuto immaginare un simile schifo. Una biondina dal viso innocente aveva distrutto la sua vita e adesso stava distruggendo anche quella di sua figlia.

La voce di Cerri le giungeva alle orecchie come un suono fastidioso e incessante. «Stia zitto, la prego. Ho bisogno di restare sola.»

«Capisco, signora.»

Inghiottì di nuovo. «Mi dica quanto le devo per...»

«Non c'è problema. Le farò avere la fattura.»

Non appena rimase sola, Amalia corse in bagno e vomitò. Si risollevò dal water con la testa in fiamme e un cerchio alla testa. Ma la nausea era passata.

Si lavò i denti e la faccia e tornò in soggiorno: doveva far sparire subito le videocassette e i documenti che Alex

Cerri le aveva lasciato. Dopo qualche istante di riflessione, mise tutto in un sacco per lo sporco, trattenendo soltanto le fotografie che provavano inequivocabilmente l'amoralità e il cinismo di Laura Gellini.

Strinse il sacco col legaccio e pregò la domestica filippina di andarlo a buttare subito nel cassonetto delle immondizie. Non aveva alcun desiderio di proiettare le cassette con lo spettacolo dei giochi erotici e tattici di quella sgualdrina.

Finalmente poteva smascherarla e rovinarla. *Rovinarla*? La Gellini sarebbe uscita da quella storia con la liquidazione della Life e una casa da diva lussuosamente arredata, pronta a circuire un altro imbecille come Romano.

Il pensiero del marito la fece tremare di odio. Romano era stato più che un idiota: un mascalzone, un amorale. Come aveva potuto portare la sua amante alla Life? Farla lavorare al fianco della figlia? Mettere a repentaglio la sua reputazione di azionista?

Per trent'anni ho amato e rispettato un uomo che non esisteva... Uno sconosciuto... L'umiliazione e la rabbia le tolsero il respiro. Divorzierò, decise. Ma prima doveva compiere un tentativo per riavvicinare Luca Biagi a Gloria.

Escludeva che un uomo giovane e perbene potesse restare legato a una ragazza che si faceva mantenere da un ricco sessantenne: messo di fronte alla realtà, sicuramente si sarebbe staccato da lei. Ma Amalia non era altrettanto sicura che avrebbe ripreso a frequentare sua figlia. Gloria doveva riconquistarlo con pazienza e discrezione, lasciandogli il tempo di capire da solo la differenza tra una brava ragazza e una come la Gellini.

Ma Gloria non doveva assolutamente sapere che Luca e suo padre si erano divisi la stessa amante: adorava Romano e il mondo le sarebbe crollato addosso. E non soltanto: il suo interesse per Luca sarebbe sparito di colpo, sopraffatto da indignazione e disprezzo.

Tacere quanto l'agenzia investigativa aveva scoperto non le costava alcuno sforzo: per quanto assurdo fosse, la tresca di suo marito la riempiva di vergogna. Se ne sentiva come sporcata, inquinata. Doveva invece imporsi un autocontrollo disumano per non buttargli in faccia quello che aveva scoperto e che pensava di lui.

Alex Cerri le aveva davvero messo in mano la migliore arma d'offesa: non poteva sprecarla per una scenata liberatoria o per la gioia di vederlo umiliato e consapevole della propria imbecillità. La cosa migliore era consultarsi con un avvocato amico e affidargli quest'arma con la richiesta della separazione.

Non era mai stata una donna interessata, ma Romano doveva risarcirla sontuosamente per trent'anni di dedizione totale. Fu quasi sollevata quando suo marito, a metà pomeriggio, le telefonò per dirle che aveva un impegno e non sarebbe tornato a cena.

Non sopportava più nemmeno di vederlo, quell'estraneo. Anche Gloria telefonò che non sarebbe tornata per cena: l'avevano pregata di sostituire un collega nel turno di guardia notturno.

Laura uscì dalla Life alle sette e si affrettò verso il parcheggio: l'appuntamento con suo padre era per le sette e mezzo, nel bar davanti alla nuova casa, e doveva attraversare mezza città, nell'ora di punta, per raggiungere Trastevere. La casa era pronta, coi mobili ormai montati e sistemati, e Romano le aveva telefonato con l'eccitazione e l'impazienza di un bambino: era l'ora di vederla, le aveva preparato anche una sorpresa.

L'ultimo incontro aveva creato un grande disagio a entrambi, e Laura non voleva che tra loro restasse quell'ombra.

Salì in macchina e mise in moto. Quella sera avrebbe dovuto andare a cena con Luca e le dispiaceva aver dovuto accampare la scusa di un impegno improvviso. "Sei la donna dei misteri" era stata la sua reazione scherzosa. Ma era quello che lui pensava realmente.

Laura aveva accampato altri pretesti per non portarlo nella nuova casa ed era stata molto evasiva nel rispondere alle sue domande al proposito.

Proprio quelle domande le avevano aperto gli occhi: Luca sapeva qual era il suo stipendio alla Life e dava per scontato che si trattasse di una casa presa in affitto e adeguata ai suoi mezzi. Come avrebbe reagito ritrovandosi in un grande attico lussuosamente arredato? In che modo spiegargli che non era stato affittato, ma acquistato? Laura stava rimandando quel momento sempre più imbarazzata.

E bravo papà, pensò. Con un gesto grandioso ti sei messo a posto la coscienza e forse riuscirai anche a dividermi dall'uomo che interessa a tua figlia. Quel pensiero astioso, emerso a tradimento, la desolò. Amava suo padre, con tutto il cuore, ma non sarebbe mai più riuscita a liberarsi dal veleno della diffidenza e del sospetto.

Arrivò in Trastevere con un quarto d'ora di ritardo, e le occorsero altri dieci minuti per cercare un posto dove parcheggiare la macchina. Romano era uscito dal bar e la stava aspettando sul marciapiede. Come la vide, il suo sguardo si illuminò. «Andiamo» disse con impazienza, circondandole le spalle.

Luca stava per lasciare la Life quando il telefono del suo studio squillò. La centralinista gli chiese se poteva passargli Amalia Forti. «Dica che sono già uscito» rispose infastidito.

Quella non era proprio la sera giusta per essere coinvolto in chissà quali altre lagnanze o falsi problemi. *Falsi problemi*: non lo erano forse anche i suoi? Non stava forse dando corpo alle ombre?

Aveva sempre disapprovato le coppie che vivevano in simbiosi condividendo maniacalmente ogni interesse, ogni pensiero, ogni emozione. E adesso si sentiva quasi offeso perché Laura si sottraeva a questa simbiosi.

Era una donna equilibrata, discreta, incapace di invadere gli spazi altrui: non lo avrebbe mai oppresso con gelosie e sospetti, non avrebbe mai preteso di conoscere ogni suo pensiero. E giustamente si aspettava da lui la stessa fiducia e lo stesso rispetto. Erano le qualità che aveva sempre ritenuto ideali: ma, invece di gioirne, lo facevano stare male.

Aveva detestato la sua testardaggine, la sua passionalità, il suo essere sopra le righe e ora si accorgeva che erano stati proprio questi difetti a conquistarlo. I ruoli sembravano essersi invertiti: il passionale era diventato lui. Dove era andata in gran fretta, quella sera? Perché era così vaga sulla sua nuova casa?

Il cellulare squillò mentre stava raggiungendo il parcheggio. È lei, pensò con un fremito di gioia.

Era Amalia Forti. La delusione lo ammutolì, e la donna ne approfittò per farsi ascoltare. «Ho bisogno di vederla. Subito. Non insisterei se non si trattasse di una cosa di importanza...»

«Mi dispiace» la interruppe. «Adesso ho un impegno.»

«Con Laura Gellini?»

Quel tono sarcastico lo fece infuriare. «Proprio con lei» tagliò corto.

«Lo escludo. Stasera la signorina è con mio marito. E non solo stasera.»

Quella donna farneticava. «Amalia, ho molta fretta. E questo tipo di conversazione non mi interessa.»

«Laura Gellini è l'amante di mio marito. Ho le fotografie dei loro incontri e la copia dell'atto d'acquisto della casa che mio marito le ha intestato. Se la cosa non le interessa, vuol dire che mi sono sbagliata.» Amalia interruppe la conversazione.

Luca salì in macchina imponendosi di stare calmo. Devo parlare con Romano Forti, pensò. Sua moglie ha dei problemi seri e ha bisogno di uno psichiatra.

Non posso lasciare che Laura diventi bersaglio della sue farneticazioni, pensò ancora. Laura lavorava alla Life, e la sua carriera e la sua reputazione avrebbero potuto essere compromesse da quella pazza. Si pentì di averla trattata con tanta asprezza: così facendo, non aveva fatto che acuire il livore contro Laura. Avrebbe dovuto invece ascoltarla, assecondarla, dimostrarle che le "prove" della presunta relazione erano lo scherzo di qualche imbecille. O frutto di una immaginazione malata, aggiunse tra sé.

Ma era ancora in tempo per rimediare.

Amalia non sembrò sorpresa di vederlo. Gli fece strada verso il soggiorno e lo invitò a sedersi. «Mi scusi, poco fa sono stato molto villano con lei» Luca disse con espressione ostentatamente contrita.

«Sono io che devo scusarmi. Avrei dovuto essere meno brutale.» Si sedette di fronte a lui e lo fissò sospirando. «Credevo che fosse più facile affrontare questo discorso...»

Luca si accorse che aveva gli occhi rossi. «Cominci pure.»

«E da dove? Da quando mio marito ha cominciato a tacere, a rinchiudersi nel silenzio, a sembrare un'anima in pena? Ho sospettato subito che si fosse innamorato di un'altra donna, ma mia figlia e la mia migliore amica mi davano della paranoica, della pazza...»

Un singhiozzo le spezzò la voce. Luca fece per dire qualcosa, ma Amalia riprese: «Un giorno lo sentii fare una telefonata... Aveva la voce disperata dell'uomo innamorato e respinto... Mendicava un appuntamento. Non mi vergogno a confessarglielo, Luca: lo pedinai. E lo vidi con una ragazza: il suo atteggiamento era inequivocabile».

Amalia tacque di nuovo, lo sguardo perduto nel vuoto.

Luca si schiarì la voce. «Mi aveva già parlato di questi suoi sospetti...»

«*Sospetti?*» Amalia si animò. «Dopo trent'anni di matrimonio la persona con cui vivi è come un libro aperto! Romano era ancora con me, ma con la testa e il cuore non c'era più. Non mi vedeva, non mi parlava, non mi chiedeva aiuto... Dopo trent'anni di matrimonio io non esistevo più. Un giorno ho scoperto che aveva prelevato una grossa somma dalla banca... E a quel punto mi sono rivolta a una agenzia investigativa. Avevo la certezza di avere perduto mio marito, ma volevo sapere il nome della ragazza che me lo aveva portato via, conoscere la sua storia, toccare con mano la sua avidità e il suo cinismo... Avevo bisogno di prove per *odiarla*.»

«Le... le ha avute?» Luca chiese.

«Mi aspetti.» Amalia si alzò di scatto e tornò pochi minuti dopo. Aveva in mano una busta e gliela porse.

Luca allungò la mano e subito la ritrasse. La gola gli si era seccata di colpo e le orecchie gli ronzavano. Ebbe l'impressione che l'aria fosse immobile e piena di vibrazioni, come nell'imminenza di una catastrofe.

«L'amante di mio marito è Laura Gellini, la dottoressa della Life» Amalia disse in tono solenne. Aprì la busta e ne estrasse il contenuto. «Questa è la copia dell'atto d'acquisto dell'attico... E queste sono le fotografie dei loro incontri...»

XII

Luca chiese ad Amalia di poter prendere una fotografia: tra le tante che aveva visto, la meno compromettente. Una donna, ripresa in primo piano, guardava un uomo che girava le spalle all'obiettivo. Lei era Laura, lui Romano Forti.

Quando tornò a casa, Luca tolse la fotografia dalla tasca e la osservò a lungo, con meticoloso distacco. Nello sguardo di Laura scorse amore, rispetto, tenerezza, gioia: il suo legame con Romano Forti aveva radici profonde, e quella era la sola immagine che lo testimoniasse. La più intima.

Luca continuava a fissarla: dopo lo sbalordimento per le rivelazioni di Amalia, la concentrazione sui particolari rappresentava l'ultima difesa contro l'esplodere delle emozioni. Ma quando non vi fu più nulla da scoprire e da capire, l'estraneità da voyeur crollò e Luca prese atto della realtà: si era innamorato di un'attrice.

Dopo la loro prima notte d'amore, Laura aveva guardato anche lui con una espressione estatica e radiosa. Era come la madre di sua figlia: una ambiziosa donna in carriera che si serviva degli uomini. L'amante anziano le dava la sicurezza economica e quello giovane i brividi del sesso. E simulava il grande amore con entrambi. Come aveva potuto cascare due volte nella stessa trappola?

La presa di coscienza della propria imbecillità ricacciò sul nascere sofferenza e amarezza: rivissuta in un'ottica razionale, la storia con Laura gli sembrava un susseguirsi di campanelli d'allarme che si era vietato di raccogliere. Aveva scoperto la passione, e si era comportato come un bambino che rifiuta di separarsi da un nuovo giocattolo. Se Amalia non gli avesse aperto gli occhi, si sarebbe ritrovato sposato con quella donna.

Finito. Basta. Adesso doveva soltanto troncare quella squallida storia: senza recriminazione e senza scenate. Aveva impiegato anni per liberarsi dall'odio per la madre di sua figlia e non intendeva ricadere in quell'errore. Anche l'odio era una schiavitù.

Per quanto lo riguardava, Laura poteva anche restare alla Life: l'indifferenza era il comportamento più razionale. L'unico per liberarsi di lei in modo indolore.

All'indomani Luca aveva due interventi programmati e restò in sala operatoria per sei ore. Non cercò Laura, né lei cercò lui. Alle sei del pomeriggio apprese casualmente che quel giorno aveva chiesto un permesso e non era venuta in clinica.

Meglio così. Poteva rinviare il fastidioso momento della rottura. Ma un'ora dopo il cellulare squillò. «Ciao. Ti sono mancata?» La voce di Laura.

Si detestò per aver preso la comunicazione. «Mi hanno detto che oggi non eri alla Life» rispose evasivo.

Qualche istante di silenzio. «Ho traslocato nella nuova casa... Vuoi venire a cena da me?»

«Sì. Devo parlarti.» Si accorse con disappunto di averlo detto con voce aggressiva quasi preannunciasse una baruffa da innamorati. «Mi fermerò dieci minuti, lascia perdere la cena» aggiunse. *Peggio ancora.*

«Va bene» Laura disse perplessa. Lo richiamò due minuti dopo. «Scusa, ho dimenticato di darti l'indirizzo della nuova casa.»

Lo conosco bene, avrebbe voluto risponderle. Invece lasciò che glielo desse, insieme con le istruzioni per il parcheggio: il garage del palazzo era alla destra del portone d'ingresso, indicato da un cartello. Fino alle dieci di sera la cancellata era aperta.

Niente astiosità e niente scenate, Luca si ripeté più tardi, mentre raggiungeva il nido d'amore di Trastevere. Ma non appena ne varcò la porta perse le staffe: distolse gli occhi dal viso ansioso di Laura e guardò davanti a sé. Sulla parete bianca di un grande soggiorno troneggiava un quadro dall'inconfondibile stile di Klimt.

«Complimenti» ringhiò. «Hai vinto al gioco o hai ereditato da uno zio d'America?»

«Entra...» Laura disse con un filo di voce.

Gioì per il suo disagio. «Sei sola?»

«Sì. Certo...» Alzò gli occhi su di lui. «Devo spiegarti, Luca... E non sarà un discorso facile.»

«No. Credo proprio di no.»

Laura lo guidò verso i due divani bianchi all'angolo del salone e lo sguardo gli cadde sul terrazzo. Quella casa valeva una fortuna: ma evidentemente Laura aveva reso all'amante servizi adeguati.

Appena fu seduto, guardò ostentatamente l'orologio. «Vuoi cominciare, Laura? Ti ascolto.»

«Te l'ho detto... Non è un discorso facile e ho riflettuto a lungo prima di fartelo...» Abbassò gli occhi. «È anche un discorso lungo, perché riguarda tutta la mia vita...»

«Tralascia pure l'infanzia povera, l'adolescenza triste e i duri anni della laurea.»

Laura rialzò la testa. «Non capisco questo tono. Ho mai fatto la vittima? Ho mai chiesto la tua spalla per piangere?» Dal suo viso erano spariti disagio e paura e i suoi occhi fiammeggiavano.

«Piangere per che cosa? Oggi sei una donna decisamente vincente e proprio per questo ti ho chiesto di tralasciare i primi ventotto anni.»

Laura lo guardò con gli occhi a fessura. «È meglio che parli tu: se non sbaglio, avevi qualche cosa da dirmi.»

«Prima voglio farti una domanda: come hai comperato questa casa?»

Laura si irrigidì. «Non ti riguarda.»

«Giusto. Un'altra domanda: conosci Romano Forti?»

«Credo di averlo visto un paio di volte alla Life...»

«Ne sei sicura? Solo alla Life?»

«Adesso basta. Non sopporto questo interrogatorio.»

«Sei patetica, Laura. Romano Forti è il tuo amante e questa casa te l'ha comperata lui: ieri sono stato a casa di sua moglie. Vi ha fatto seguire da un'agenzia investigativa e mi ha mostrato tutto quello che c'era da mostrare.»

Non provò alcuna compassione nel vedere Laura sbiancare e portarsi le mani sul viso, con un gesto disperato. «Per quanto tempo credevi di poterla fare franca? Non ti vergogni?» incalzò.

«Smettila.»

«Dimmi soltanto perché hai coinvolto anche me. Romano Forti non ti bastava? Avevi bisogno anche di un amante più giovane?»

«Non è così...» Laura sussurrò. Sembrava d'un tratto disarmata, sconfitta. «È vero: Romano Forti mi ha regalato questa casa ma non è il mio amante... Anche se le apparenze sono contro di me, devi credermi» ripeté affranta.

«Adesso ricordo... Per te l'amore è fiducia cieca, totale. Scusa se per me è troppo. Che cosa dovrei credere?» si infervorò. «Che un ranocchio ha preso le sembianze di Romano Forti?»

Laura lo fissò negli occhi. «Non è il mio amante. Devi crederlo perché te lo dico. Perché devi avere la certezza che non ti direi mai una bugia.»

«Sono tornato in me, Laura. La recita è finita e il babbeo non ci casca più.»

«Va bene. Ho capito.» Si alzò lentamente. «Adesso voglio restare sola. Cercherò un altro posto, così non dovremo più vederci nemmeno alla Life.»

«Per me è indifferente. Sei un bravo medico e...»

«Cercherò un altro posto» ripeté.

Laura conobbe in quei giorni la prima amica che avrebbe avuto dopo Mary. Era Denise, una giovane e bella donna di origine brasiliana che dirigeva Casa Life. Benché si trattasse di una struttura di assistenza e di lungodegenza dipendente dalla clinica, Laura non aveva mai avuto occasione di collaborarvi.

Quanto a Denise, la conosceva soltanto di vista. Sapeva che si trattava di una persona molto amata e rispettata e che aveva da poco perduto il bambino che aspettava.

Una mattina Denise le telefonò in reparto per chiederle se durante quella giornata poteva trovare mezz'ora per visitare una degente di Casa Life che le stava particolarmente a cuore.

Laura rispose che non c'erano problemi: il tempo di fare un'ingessatura e l'avrebbe raggiunta.

Denise l'accolse nel suo studio con un abbraccio affettuoso, come se si conoscessero da sempre. E poi le parlò di Anita, la degente che desiderava farle visitare. Brasiliana d'origine, a trent'anni aveva lasciato Rio e una promettente carriera di pianista per seguire a Roma l'uomo di cui si era innamorata. Questo uomo, sposato e padre di due figli allora ancora piccoli, pur amando profondamente Anita non aveva mai avuto il coraggio di divorziare, né lei glielo chiese mai... Per vent'anni Anita era rimasta nell'ombra, devotamente e discretamente, senza chieder altro che essere amata...

Quattro anni prima il suo uomo era morto in un incidente d'auto. Essendo ancora giovane e in ottima salute, purtroppo non si era preoccupato di garantire il futuro economico di Anita, così che lei si era ritrovata sola, senza soldi e senza lavoro. Non bastasse, la vedova le aveva ingiunto di lasciare la casa in cui viveva...

Denise proseguì il racconto incapace di nascondere la propria commozione. «Anita non si è persa d'animo né si è ribellata. Una sua amica italiana l'ha ospitata in casa sua e l'ha aiutata a trovare il solo lavoro che sapesse fare: quello di insegnante di pianoforte. Sembrava che tutti i problemi si fossero risolti: col tempo era riuscita ad allargare il numero degli allievi e a garantirsi un reddito mensile che le consentiva di vivere dignitosamente... E invece la sfortuna ha ripreso ad accanirsi contro di lei. Un anno e mezzo fa Anita ha cominciato ad avvertire delle fitte dolorosissime che dal pollice si irradiavano a tutte le dita della mano destra. Gli spasmi si sono fatti sempre più violenti e da sei mesi non riesce neppure a flettere le dita. Ha dovuto sospendere il lavoro e presto non avrà più nemmeno i soldi per pagare l'affitto. È una donna molto orgogliosa: il solo aiuto che accetta da me è questo ricovero a Casa Life e la visita di un medico che finalmente capisca di quale male soffre.»

Denise le mostrò le analisi e gli esami a cui la donna era stata sottoposta in quei mesi e Laura osservò tutto attentamente: a parte il fattore reumatico molto alto, non risultava altro. «Spero di riuscire a capire di che cosa si tratta» disse umilmente a Denise. «Molte volte si manifestano dei sintomi che sono sicuramente patologici, ma che non si riesce ad associare ad alcuna malattia. Altre volte, invece, li associ subito a una precisa malattia, ma le analisi ne escludono l'esistenza.»

Laura simpatizzò subito per Anita: la sua storia, pur diversa, aveva molti punti in comune con quella di sua madre. In quella donna, vicina ai sessant'anni ma ancora molto bella, riconobbe la stessa dignità, la stessa discrezione. La sola cosa che desiderava era riprendere a lavorare.

Laura predispose altri accertamenti, compresa una risonanza magnetica, ma non emerse alcun segno di artrosi, decalcificazione ossea, microfrattura.

«Non mi arrendo» disse a Denise. «A costo di rileggere tutte le dispense e i libri degli esami di specialità, devo scoprire di quale malattia si tratta.»

Il professor Hasselt lo ripeteva spesso agli specializzandi: la medicina non è una scienza esatta, e spesso le diagnosi più difficili nascono da una illuminazione, da una associazione intuitiva. Le apparecchiature sono perfette, ma non hanno l'occhio clinico.

Purtroppo Laura poteva contare soltanto sulla buona volontà: in quei giorni era troppo tesa e deconcentrata per sperare nella "illuminazione". Aveva inviato il suo curriculum a due cliniche private e a una struttura pubblica e aspettava con ansia di ricevere una risposta: non poteva dimettersi dalla Life prima di avere la certezza di un altro posto di lavoro, ma il solo entrare in quella clinica le costava una quotidiana violenza su se stessa.

Le era insopportabile incontrare Luca e vederlo ostentare l'impersonale gentilezza dell'estraneo. Capiva che tutte le apparenze erano contro di lei e che l'atto di cieca fiducia di fronte alle "prove" di un'agenzia investigativa apparteneva a una sua concezione utopistica di rapporto perfetto. Quello che la feriva e la offendeva era la condanna senza appello; Luca non aveva avuto un solo attimo di esitazione o di dubbio: compiendo l'atto di cieca fede soltanto nel dossier dell'agenzia.

Quella sera si era finalmente decisa a raccontargli tutta la verità su suo padre, ma lui non glielo aveva permesso. Né le aveva fatto domande: la sua "verità", incrollabile e inamovibile, era l'aver amato una donna indegna.

Ma Laura era angosciata soprattutto dal problema di suo padre. Dopo molte riflessioni, aveva deciso di non dirgli che erano stati pedinati e che sua moglie credeva che fossero amanti.

Toccava ad Amalia giustificare i suoi sospetti ed esigere una spiegazione e, se non l'aveva ancora fatto, doveva esserci un motivo: Laura sperava con tutta se stessa che Amalia non volesse distruggere trent'anni di matrimonio e che, a dispetto di ogni prova, avesse la certezza di poter riconquistare il marito. Lei non aveva alcun diritto di intromettersi.

Ma ogni volta che incontrava suo padre le si stringeva il cuore: il suo viso, sempre più sofferente e teso, era quello di un uomo spezzato in due.

Molte sere arrivava nella sua nuova casa e poco dopo, stremato, si addormentava sul divano. Laura non osava neppure pensare a come giustificasse quelle uscite e quale atmosfera trovasse al ritorno.

Ma, per quanto angosciata e deconcentrata fosse, Laura continuava a studiare il caso di Anita. Ne parlò con Olivares. E capì che Olivares aveva coinvolto nel problema anche Luca perché un pomeriggio, incrociandola in un corridoio, lui la fermò.

«Ti stai sempre occupando della brasiliana, l'amica di Denise?» le chiese senza preamboli.

«Si chiama Anita. Sì, è un caso molto difficile.»

«Non per uno specialista. Anche io credevo di avere dei problemi a una mano ma Almici, il professore che dirige il reparto reumatologico della clinica Salus, mi ha tranquillizzato: sono i soliti crampi di chi usa...»

«Anita sta perdendo la funzionalità della mano destra» lo interruppe.

«Aspirina e pazienza» Luca motteggiò.

«È un consiglio prezioso. Grazie» Laura replicò nello stesso tono.

Malattia di Notta! L'illuminazione arrivò quella sera, mentre sfogliava una vecchia dispensa di Hasselt, e d'un tratto le tornò alla mente un caso analogo a quello di Anita che il suo maestro aveva brillantemente risolto al Richmond's.

Le parve di riudire la descrizione di Hasselt: "La malattia di Notta è tanto facile da curare quanto difficile da diagnosticare... Talvolta è una malattia congenita, ma spesso è una conseguenza di altre patologie come una sinovite infettiva, una contusione, uno stiramento violento dei tendini".

Laura riuscì a mettersi in contatto con Hasselt soltanto a mezzogiorno del giorno dopo. Gli spiegò dettagliatamente i sintomi di Anita e gli chiese una conferma della diagnosi.

Hasselt si complimentò con lei. «Se gli accertamenti non rivelano nulla, puoi escludere l'origine congenita e la necessità di un intervento chirurgico. Sarà sufficiente una terapia di infiltrazioni cortisoniche: dopo due settimane, il dolore dovrebbe cominciare a regredire e iniziare il recupero della funzionalità.»

Laura andò subito da Denise e, insieme, diedero ad Anita la bella notizia: il suo problema era stato risolto, la sua malattia aveva finalmente un nome.

XIII

La domenica successiva Laura era reperibile, e alle dieci del mattino fu chiamata al pronto soccorso della Life per un'emergenza.

Una donna era stata selvaggiamente picchiata dal marito e, nel tentativo di sfuggire alla sua furia, era caduta dalle scale fratturandosi un braccio. Laura, dopo aver visitato la donna, ebbe il sospetto che anche una mandibola fosse fratturata e chiese al medico di guardia di chiamare Luca Biagi. Lo specialista era lui, e non voleva urtare la sua suscettibilità.

Luca arrivò un'ora dopo e confermò la diagnosi di Laura. Diede disposizioni per il ricovero della paziente nel suo reparto e programmò l'intervento per la mattina successiva. Poi se ne andò.

Laura si trattenne per ingessare l'arto fratturato e tornò a sua volta a casa.

All'indomani fu molto stupita quando la caposala di Luca le chiese, a suo nome, di entrare in sala operatoria con lui.

La spiegazione gliela diede Luca stesso, in tono provocatorio. «C'è un'altra frattura, al femore destro. Come è potuta sfuggire a una professionista come te?»

«Il referto del radiologo parlava di una sola frattura, quella che ho ingessato. Gira questo interrogativo a lui» rispose asciutta.

«L'ortopedico sei tu.» Non le diede il tempo di replicare. «Dopo che avrò finito il mio intervento, ti occuperai del femore. Va' a prepararti.»

Quando entrò in sala, Gloria aveva già anestetizzato la paziente. Laura si mise dietro alla ferrista imponendosi la calma.

Doveva andarsene al più presto dalla Life: non ce la faceva più a lavorare in quella atmosfera di tensione, con l'aggressività di Luca pronta a esplodere in qualsiasi momento. Distolse lo sguardo da lui imponendosi nuovamente la calma. La povera donna sotto i ferri era indubbiamente più sfortunata di lei. Un marito violento l'aveva ridotta in quelle condizioni e ne era talmente terrorizzata da rifiutarsi di denunciarlo.

Il silenzio della sala operatoria fu interrotto dalla voce stizzita di Luca. «Non questo, dove ha la testa?» Stava rivolgendosi alla ferrista che evidentemente gli aveva passato uno strumento sbagliato.

«Mi scusi, dottore.» Gli porse quello giusto, ma Luca allontanò il braccio teso con un movimento brusco. «Aspetti» disse togliendosi la mascherina.

Laura lo vide sollevare la mano e flettere le dita soffocando un gemito di dolore. Aveva la fronte imperlata di sudore e un'infermiera gliela deterse.

«È solo un crampo, scusatemi» disse. Due minuti dopo riprese a operare. Quando ebbe finito lasciò la sala e Laura gli subentrò per l'intervento al femore.

Lo rivide due ore dopo: si incrociarono mentre lui stava uscendo dal suo studio e lei dirigendosi verso l'ascensore. Le fu impossibile fingere di non vederlo. «È andato tutto bene, sto tornando nel mio reparto» gli disse.

«Anche con la ferrista? Oggi mi ha fatto saltare i nervi.»

«La tua mano come va?»

«Che c'entra la mano» ribatté irrigidendosi. «È stato un crampo.»

«Perché non mi fai dare un'occhiata?»

«Mi ha già visitato il professor Almici.»

Già, lo specialista che aveva prescritto aspirina e pazienza. «Forse una risonanza o una...» Si interruppe. «Scusami, non sono fatti miei.»

«Proprio così.»

Aveva voluto l'ultima parola e Laura gliela lasciò. Ma dentro di sé non aveva dubbi: Luca era affetto dalla malattia di Notta e non poteva onestamente incolpare il professor Almici di incompetenza o di incuria per non averla diagnosticata. Luca apparteneva a quella categoria di persone che, contrariamente agli ipocondriaci, rifiutavano la sola idea di ammalarsi e minimizzavano anche i disturbi più gravi. Probabilmente era quanto aveva fatto con Almici.

Laura non si riteneva più brava di lui: solo per caso era diventata un'esperta della malattia. Coinvolta nel caso di Anita, aveva passato ore cercando di risalire alla causa dei suoi disturbi.

E proprio per questo, adesso, poteva riconoscere senza alcun dubbio la sintomatologia di Luca: era quella della malattia di Notta nello stadio più avanzato. Se non si fosse sottoposto subito a un intervento chirurgico, nel volgere di pochi mesi la funzionalità della mano sarebbe stata compromessa per sempre.

Non sono fatti tuoi. Era la parte peggiore di Laura a parlare, a suggerirle di starne fuori. Che ti importa? Lascia che vada all'inferno, è quello che si merita. Ma la sua coscienza si ribellava a questa subdola istigazione alla vendetta. Non poteva stare a guardare senza fare nulla. Il problema era *che cosa* fare.

Al viscerale rifiuto della malattia si aggiungeva l'animosità nei suoi confronti: Luca non avrebbe mai accettato di farsi visitare da lei, mettendo in dubbio la diagnosi rassicurante dell'illustre Almici.

Intanto le condizioni di Anita miglioravano sensibilmente: il dolore era scomparso e le dita cominciavano a muoversi.

«Le hai ridato la vita» Denise disse a Laura quando uscirono dalla stanza della donna. «Magari tu riuscissi a fare qualcosa anche per Luca! Ieri è stato a Casa Life per visitare un bambino e quasi non riusciva a muovere le dita.»

A quel punto Laura decise di dirle tutto: si fidava di lei, ed era la sola persona che potesse convincere Luca a farsi visitare. «Temo che il suo caso sia molto più grave di quello di Anita. Se i miei sospetti sono fondati, deve essere sottoposto con urgenza a un intervento chirurgico: in caso contrario, rischia di dover lasciare la sala operatoria per sempre.»

Il bel volto di Denise si fece attento. «Qual è il tuo sospetto?»

«Probabilmente nel tendine lungoflessore o nella guaina tendinea si è formato un nodulo fibroso che impedisce il normale scorrimento. Quel nodulo va rimosso subito, prima che provochi traumi irreversibili. È una diagnosi che ho fatto basandomi sui sintomi, ma è sottinteso che bisogna fare tutti gli accertamenti del caso.»

«Gli parlerò oggi stesso. Sarebbe più facile convincerlo se non fossi stata tu a scoprire la sua malattia.» La fissò per qualche istante in silenzio. «Che rapporto c'è tra voi, Laura? Parlo di lavoro» si affrettò a precisare, arrossendo.

«Abbiamo avuto anche un rapporto personale... di coppia. È questo a complicare tutto, perché è finito nel peggiore dei modi.»

«Non sei tenuta a parlarmene. Io volevo solo...»

«Denise, non devi giustificarti. So bene quanto sei rispettosa e discreta. Luca mi detesta perché pensa che io abbia un ricco e maturo amante. Anzi, ne è certo. Ai suoi occhi, sono la donna senza scrupoli che va con l'uomo ricco per interesse e con l'uomo giovane per qualche brivido.»

«Sei tu che dovresti detestarlo!» proruppe Denise. «Come può pensare una cosa simile?»

«Le apparenze sono contro di me. Ma sarebbe più corretto dire *le prove*. Vedi, io sono andata ad abitare in una casa da divi, lussuosamente arredata... Luca ha visto questa casa e ha visto l'atto di acquisto. Sa con certezza che a regalarmela è stato un uomo anziano e ricco che frequento... Onestamente: al posto suo che cosa avresti pensato?»

Negli occhi dorati di Denise passò un'ombra. «Avrei creduto a qualunque spiegazione tu mi avessi dato. Ma forse qualche anno fa anch'io mi sarei comportata nel suo modo detestabile perché ero piena di paure e di sospetti... Oggi nessuno può portarmi via niente perché ho perduto tutto... Per me è facile sbagliare, fidarmi, agire d'impulso perché ho la forza di chi ha conosciuto il peggio della vita: qualunque cosa mi accada o faccia, so che non potrò mai più soffrire così. Scusa, Laura, non volevo rattristarti...»

«Parlare con te mi ha fatto bene perché ho ridimensionato i miei problemi. Ho capito che i veri dolori sono un'altra cosa...»

Quella sera, al ritorno a casa, Laura trovò una lettera della Salus: era una delle cliniche a cui aveva spedito il curriculum con una richiesta di assunzione, e il direttore sanitario, Remo Arena, la convocava per un colloquio.

Decise di non perdere tempo e vi si recò al mattino successivo, dopo aver avvertito la caposala che sarebbe arrivata con un paio d'ore di ritardo.

Il dottor Arena si mostrò molto interessato al suo curriculum e, attraverso le domande che le rivolse, Laura ebbe la sensazione che fosse concretamente interessato anche alla sua assunzione. Tenne a precisargli che la Life era un'ottima clinica nella quale aveva lavorato molto bene: si era decisa a cercare un altro posto soltanto per motivi personali. Il direttore sanitario, con tatto, sorvolò sull'argomento e la congedò, assicurandole che entro pochi giorni avrebbe ricevuto una risposta. Con un sorriso molto cordiale, aggiunse che poteva considerarsi assunta...

Laura arrivò alla Life alle undici e andò direttamente nello studio di Olivares: le sembrava corretto preannunciargli le sue dimissioni e spiegargliene le vere ragioni.

Ma capì subito che quello era il momento sbagliato. Il professore aveva appena finito di telefonare e le fece cenno di entrare. «Spero che non abbia dei problemi anche tu» esordì innervosito.

«No... nessun problema. Volevo soltanto parlarle.»

«Ti dispiace se rimandiamo? Devo sostituire Biagi in sala operatoria.» Scosse la testa. «Poco fa non è riuscito nemmeno a iniziare il suo intervento, e comincio a essere veramente preoccupato per la sua mano. Lui sostiene di non avere niente, ma di fatto rischiamo di perdere un ottimo chirurgo.»

Laura lo guardò esitante. «Lo convinca a fare una radiografia o una risonanza... Sono convinta che tutti i suoi disturbi derivino da un nodulo: basterebbe asportarlo per farli sparire.»

Il rapporto di Laura con Luca aveva toccato il fondo dell'amarezza e della delusione: come aveva detto Denise, niente di peggio poteva ormai succedere. Laura lo capì qualche ora dopo, quando Luca irruppe nel suo studio e senza nemmeno salutarla le sparò un farneticante monologo: complimenti, era riuscita a metterlo in difficoltà persino con Olivares! Non le bastava essere la prima della classe, voleva far fuori tutti gli altri! Non aveva mai incontrato una donna subdola come lei! Una che colpiva sempre alle spalle e a tradimento!

Laura lo ascoltò come se stesse parlando di un'altra persona, provando una crescente rabbia per quello stupido sfogo a tutto esclamativo. Era il penoso spettacolo che stava dando di sé, e non le accuse, a farla infuriare. Vi mise fine seccamente. «Se la testa ti funziona meglio della mano, cerca di usarla: credi veramente che la diagnosi di Almici sia giusta? Se un tuo paziente avesse i tuoi stessi disturbi, e sempre più gravi, come medico non vorresti vederci più chiaro? Smettila di fare il bambino dispettoso. Vuoi giocarti il lavoro e la mano per dimostrare che non sono la prima della classe? Datti le risposte da solo, è un problema tuo e per quanto mi riguarda non voglio occuparmene più.»

Luca uscì dalla stanza sbattendo la porta, cosa di cui si pentì subito perché dava a Laura la soddisfazione di avergli fatto perdere del tutto l'autocontrollo. Purtroppo era vero. Con diabolica sapienza era riuscita anche a farlo vergognare di se stesso. Era dannatamente preoccupato per la sua mano e da qualche giorno nemmeno gli antidolorifici più potenti riuscivano a placargli le lancinanti fitte che gli trafiggevano le dita.

Come medico avrebbe immediatamente sottoposto un paziente nelle sue condizioni agli accertamenti di rigore. Se non faceva altrettanto per sé era soltanto perché a suggerirglielo era stata Laura. Non voleva essere grato a una donna che detestava, e rifiutava di ammettere che la sua diagnosi fosse più azzeccata di quella di uno specialista. Lei lo aveva capito e glielo aveva buttato in faccia: stava infantilmente rischiando la mano e il lavoro di chirurgo per farle un dispetto.

Luca ricacciò la vergogna. Laura era la donna che avrebbe voluto sposare e dalla quale era stato umiliato e manipolato nel peggiore dei modi. Rifiutava il suo aiuto per dignità, non per dispetto.

Ma, paradossalmente, fu Gloria ad aprirgli gli occhi. Era appena rientrato nel suo studio quando lei bussò discretamente alla porta: voleva sapere come stava… voleva tranquillizzarlo…

Senza saperlo, aveva scelto il momento peggiore. Luca agitò irritato la mano verso di lei. «Guardala! Dopo quello che è successo in sala operatoria ti pare che possa stare *tranquillo*? Non ho più nemmeno la forza di stringere un bisturi.»

«Ma Almici ti ha detto che non è niente di grave: forse hai soltanto bisogno di qualche giorno di riposo.»

«Almici non è infallibile e a questo punto sono certo che ha sbagliato diagnosi.»

Le labbra di Gloria si incurvarono in una smorfia. «Chi ti ha dato questa certezza? La grande dottoressa Gellini?»

Luca allargò irosamente le dita a ventaglio e tentò invano di piegarle. «Me l'ha data questo dolore lancinante! Questa perdita di funzionalità! La *grande Gellini* mi ha dato il suggerimento più ovvio, e domattina andrò in radiologia per…»

«In altre parole, gliela dai vinta. Nella remota ipotesi che Almici abbia sbagliato, lei diventerà la tua salvatrice!»

Era esattamente quello che Luca pensava, il motivo per cui aveva rifiutato l'aiuto di Laura. Ma sentirlo dire da un'altra persona ebbe lo sgradevole effetto di una cassa di risonanza: la voce di Gloria amplificava, forte e chiara, la sua stupidità. Si era ridotto in quelle condizioni per non "darla vinta" a Laura.

Le telefonò nel suo studio alle tre del pomeriggio seguente, chiedendole se aveva un quarto d'ora di tempo da dedicargli. «Ho fatto gli accertamenti che mi hai consigliato e ho bisogno di un tuo consiglio» le anticipò.

Prima di vederla, voleva che ricevesse il messaggio: ho sbagliato, sono stato un cretino, mi arrendo.

«Puoi venire anche subito» Laura gli disse con la cortesia del medico disponibile. Aveva ricevuto il messaggio captandone anche il significato inespresso: ho sbagliato soltanto nel sottovalutare la tua diagnosi, ti ho riabilitata come medico ma non come donna.

Laura lo ricevette gentilmente ed esaminò la cartella che le porse. Un nodulo fibroso si era radicato nella guaina tendinea. «Dobbiamo asportarlo immediatamente» gli disse, distogliendo lo sguardo dal visore.

D'un tratto Luca ricordò che anni prima, giocando a tennis, fece un movimento scorretto che gli causò un insopportabile dolore. «Può esserci una associazione col nodulo?» chiese.

«È possibile. Quel movimento può aver causato un violento stiramento tendineo e una conseguente lesione. Di certo è qui che si è instaurato il nodulo.»

«È un intervento difficile?»

«No, ma va eseguito con grande cura: occorre sezionare la guaina e rimuovere il nodulo facendo la massima attenzione a non compromettere la flessione del pollice e la funzionalità della stessa guaina...»

«Te la senti di operarmi?»

«Teoricamente sì, ma preferisco che cerchi un altro chirurgo. Olivares è il più qualificato.»

«Un'altra domanda: come sei arrivata a diagnosticare con tanta esattezza la malattia di Notta? Ad Almici non è venuto neppure il sospetto.»

«Ci sono arrivata grazie ad Anita. Ho passato giorni e giorni a rileggere libri e dispense, fino a quando non è arrivata l'illuminazione. Senza Anita, non sarei risalita alla malattia di Notta. Come sta scritto in tutti i testi, i sintomi sono subdoli e ricollegabili a molte altre patologie. Se fossi tornato da Almici per un'altra visita, spiegandogli che stavi sempre peggio, sicuramente sarebbe andato più a fondo.» Laura indicò il visore. «Il tuo nodulo è lì, ben evidenziato.»

«Una volta rimosso, recupererò l'uso della mano?»

«Sicuramente sì. Adesso devi andare da Olivares e concordare l'operazione.»

Luca si alzò. «Per il futuro, non metterò mai più in discussione le tue...»

«Sto per lasciare la Life» lo interruppe.

Luca restò per qualche istante a bocca aperta. «Vuoi... lasciare la Life? E perché?»

«Ho bisogno di serenità. Qui si è creato un clima di tensioni che...»

«Ti ho chiesto scusa! Vuoi che mi metta in ginocchio?»

«Lascia perdere.»

Luca le lanciò un'occhiata di fuoco. «Se lo ripeti un'altra volta, non rispondo delle mie reazioni.»

«Allora ti dico che sono fatti miei.»

«Sono *anche* fatti miei. Non puoi fare la vittima perché ho scoperto la tua relazione con Romano Forti... La serenità l'ho perduta anch'io, ma le tensioni della vita privata non interferiscono con il lavoro. Come ti stavo dicendo, non metterò mai più in discussione la tua professionalità. Anzi: mi scuserò ufficialmente per aver dubitato della tua diagnosi. Dovrebbe bastarti. E di più non posso certamente fare.»

«Ormai ho deciso di andarmene.»

«Sai almeno dove andare?»

«Certamente sì. Non posso permettermi di restare senza lavoro. E non dirmi che con un amante ricco dovrebbe essere l'ultimo dei miei pensieri!» aggiunse bellicosamente.

«Me ne guardo bene. I soldi non sono tutto per una donna in carriera» replicò pronto.

Diego Olivares operò Luca il mattino dopo, assistito da Laura. Eseguì l'intervento in anestesia locale, con grande concentrazione, spiegando via via quello che stava facendo. Alla fine immobilizzò la mano con una fasciatura semirigida: una settimana di riposo assoluto, e Luca sarebbe stato in condizione di riprendere il lavoro.

Si complimentò ancora una volta con Laura per la sua brillante diagnosi. E fu a quel punto che Luca intervenne, con un colpo basso. «È davvero un peccato che la nostra brava dottoressa lasci la Life. Non glielo hai ancora detto, Laura?»

Olivares strinse gli occhi. «Che cosa è questa storia?»

Laura sospirò. «Non avrei voluto dirglielo in questo modo... Ho deciso di lasciare la sua clinica, per motivi che...»

«E quali sarebbero?» la interruppe.

«Se non le dispiace, preferisco parlargliene nel suo studio.»

«Se hai dei problemi, li risolveremo. Non intendo assolutamente perdere una collaboratrice come te.»

L'incauto e velenoso intervento di Luca si rivelò provvidenziale. Il direttore sanitario della Salus comunicò a Laura che le dimissioni del loro ortopedico erano rientrate e pertanto era caduta, almeno per l'immediato, la possibilità di una assunzione.

Quando Olivares la convocò nel suo studio, Laura gli disse con franchezza che le trattative per entrare in un'altra clinica erano cadute e pertanto, se credeva, lei sarebbe rimasta alla Life.

XIV

Amalia aveva deciso di compiere un atto di fede nella teoria dell'amica Carla: se un marito non confessa di essersi innamorato di un'altra donna è buon segno, perché significa che non è abbastanza innamorato per lasciare la moglie.

Carla l'aveva dissuasa anche dal rivelare a Romano che la sua giovane dottoressa era attratta soltanto dai suoi soldi e, contemporaneamente a lui, frequentava un altro uomo: "La Gellini ha un'arma che tu non hai, il sesso: è l'argomento più persuasivo per fargli credere quello che vuole. E anche se non riuscisse, Romano potrebbe scoprire l'afrodisiaco della gelosia e della sofferenza".

Amalia provava una viscerale repulsione per le simulazioni e le strategie, ma nel momento in cui stava perdendo tutto ne comprese il potere e, persino, il risvolto morale. Erano la sola arma per salvaguardare la famiglia. Suo marito aveva perso la testa? Anziché lasciarsi andare a reazioni istintive o assecondare rovinosamente l'orgoglio ferito, reagiva con la logica, studiando i comportamenti più giusti.

Lei e Gloria avevano la stessa nemica da cui difendersi, ma non fidandosi dell'autocontrollo della figlia continuava a tacerle che l'insidiosa collega era anche l'amante di Romano. Si trattava di un silenzio strategico.

Ma a Luca Biagi aveva detto la verità. Dopo avergli dato tutte le prove dell'indegnità di Laura Gellini, dava per scontato che ogni interesse per lei fosse finito.

Purtroppo aveva sottovalutato la professionalità di quella donna. Come medico, a detta della stessa Gloria, era al di sopra di ogni critica. E l'essere riuscita a diagnosticare il male che stava paralizzando la mano di Luca Biagi aveva, se possibile, accresciuto la stima di cui godeva. Luca la vedeva addirittura come la sua salvatrice.

Prima dell'intervento Amalia aveva incontrato il professor Almici e si era tolta la piccola soddisfazione di screditare la Gellini, descrivendola come una persona presuntuosa e priva di rispetto per i colleghi: aveva persino osato mettere in discussione la diagnosi di un valente professionista come lui, Almici!

Come poteva immaginare che Laura aveva fatto domanda di assunzione proprio alla Salus? Almici, primario della clinica, si era affrettato a far bloccare quella assunzione e ad Amalia non restava che imprecare contro se stessa: l'unica possibilità che Laura Gellini sparisse di scena per lavorare altrove era andata in fumo per colpa sua. Mai più avrebbe agito d'impulso, senza riflettere!

E invitò sua figlia a fare altrettanto: non doveva comportarsi in modo ostile con la Gellini perché era inutile cercare di demolirla agli occhi di un uomo che in quel momento credeva di doverle tutto. Ma era anche sbagliato arrendersi senza lottare. La tattica giusta era quella più faticosa: enfatizzare la bravura della "salvatrice", mostrare grande apprezzamento per la sua onestà, esortare Luca a riabilitare umanamente una donna eccezionale.

Gloria sbarrò gli occhi. «Sei impazzita, mamma? Questo vuol dire gettare benzina sul fuoco!»

«Da' retta a me. Luca si sente a disagio per dover essere grato a una donna che non stima affatto, e se tu continuerai a elogiarla lo porterai all'esasperazione... Penserà che quella donna ha raggirato anche te. Fidati di tua madre, Gloria.»

Luca era impaziente di tornare in sala operatoria, ma otto giorni dopo la rimozione del nodulo non si sentiva ancora pronto. I crampi erano scomparsi e non avvertiva più alcun dolore nel flettere le dita, ma le sentiva ancora fastidiosamente rigide.

Laura gli regalò due lucide palline di quarzo grosse come una noce e incredibilmente pesanti, spiegandogli di averle trovate in un mercatino di Londra.

«È un vecchio gioco cinese formidabile per mantenere le mani in forma e le dita elastiche. Devi rotearle nel palmo con la punta delle dita, il più velocemente possibile, tenendole sempre unite.»

«Sei passata dalla medicina alla stregoneria?» Luca la prese in giro.

«Il professor Hasselt era un fanatico di questo esercizio a suo dire miracoloso. Che cosa ti costa provare?»

Fu quanto più tardi gli ripeté Gloria. Quelle stupide palline le offrirono il primo appiglio per mettere in pratica i suggerimenti di sua madre: sottolineò la gentilezza di Laura, gli ricordò che meritava tutta la sua fiducia, si disse dispiaciuta per non aver capito prima le sue molte qualità professionali e umane.

«Non esagerare» Luca borbottò. Gloria ignorava che Laura era l'amante di suo padre e tutti quegli elogi accrescevano il suo disagio. Aveva promesso ad Amalia di non dire nulla alla figlia, ma quel silenzio lo faceva sentire in colpa, quasi fosse complice della tresca di Romano Forti.

Durante l'ultima settimana si era ritrovato talvolta a parlare con Laura in modo amichevole e spontaneo, e si sentiva in colpa anche per questo.

La gratitudine non poteva toglierli la dignità né obnubilarlo. Nell'indiscutibile professionalità di Laura esisteva anche una componente di esibizionismo. Salvandogli la mano, aveva consolidato la propria immagine di prima della classe.

«Non esagerare con le lodi» ripeté a Gloria, concludendo ad alta voce quella riflessione.

E Gloria ringraziò silenziosamente la madre: sì, le aveva suggerito davvero la strategia migliore.

Come tutte le persone senza una grande personalità, Gloria era un'abile orecchiante: captava al volo le buone lezioni e faceva propri i comportamenti e le opinioni che riconosceva migliori dei suoi. Aveva toccato con mano che Luca non sopportava di sentire decantare le qualità di Laura e capì che esisteva un modo per esasperare questa reazione: farsela amica, dimostrando non soltanto a parole quanta considerazione avesse per lei.

Poiché non sottovalutava l'intelligenza della Gellini, non poteva certo passare dall'oggi al domani da un comportamento ostile a scoperte manifestazioni di amicizia. E così adottò una tattica di graduale disgelo, cominciando a salutarla con più calore, a soffermarsi qualche minuto con lei, a commentare un intervento o a chiederle un parere su questo o quel degente.

Laura reagì con sollievo alla cessazione delle ostilità, ma si sottrasse gentilmente agli evidenti tentativi di stabilire un rapporto più profondo: l'amicizia esigeva lealtà e confidenza e lei doveva nascondere a Gloria persino di essere figlia del suo stesso padre.

Ma Gloria, che ignorava tutto questo, non demordeva. Un venerdì sera vide Laura e Denise chiacchierare davanti alle macchinette del caffè e si avvicinò a loro sorridendo. «Posso unirmi a voi?» chiese con naturalezza. «Ho bisogno di una pausa.»

Fingendo di non accorgersi del loro improvviso silenzio aggiunse: «Spero di non avervi interrotto».

«Stavamo parlando di arredamento» disse Denise, vaga.

«Quadri? Tappeti? Mobili?» Gloria si rivolse a Laura. «Mi ero dimenticata che hai cambiato casa da poco. Se vuoi, posso...»

Laura la interruppe. «La casa è già arredata, ho bisogno soltanto di piccole cose.»

«Per esempio?»

«Un copriletto, un frullatore, una macchina espresso per il caffè... Domani è il mio giorno libero e farò un giro per negozi.»

Gloria si illuminò. «Domani sono libera anch'io e posso accompagnarti nei negozi più giusti!»

«Non serve che ti disturbi» Laura si schermì.

«Ma quale disturbo? Ho la passione dello shopping e anche dell'arredamento: se mi fai vedere la tua casa posso darti qualche buon consiglio.»

«Te la farò vedere quando avrò fatto un po' d'ordine. Adesso è piena di scatoloni e di pacchi sparsi» Laura mentì.

«Allora diamoci un appuntamento sotto al portone. Ti va bene domattina alle dieci? In due ore ti avrò fatto comprare tutto quello che ti serve.»

Laura lanciò un'occhiata rassegnata a Denise e poi spostò lo sguardo su Gloria. «D'accordo, ti aspetto alle dieci» disse abbozzando un sorriso.

L'invadenza di Gloria l'aveva infastidita e spiazzata. Ma era lontana anni luce dall'immaginare quello che sarebbe accaduto all'indomani.

Laura scese sotto al portone con dieci minuti di anticipo per scongiurare il rischio che Gloria le chiedesse nuovamente di visitare la sua nuova casa. Denise era la sola collega della Life che aveva potuto invitare con la certezza che non vi sarebbero stati stupore, illazioni e chiacchiere.

Luca non si era allontanato molto dalla realtà definendo astiosamente quella casa "nido d'amore". Gli incontri con suo padre avvenivano ormai soltanto lì. Romano la raggiungeva ogni volta che poteva e loro due soli, protetti dall'intimità di quel "nido", recuperavano tutti gli anni perduti.

Il loro rapporto si era fatto sempre più profondo e, col trascorrere delle settimane, avevano scoperto anche il legame della quotidianità. Guardavano insieme la televisione, parlavano, leggevano silenziosamente un libro o un giornale. Romano aveva la *sua* poltrona e i suoi rituali e si muoveva tra quelle stanze come se fosse a casa propria. Di tanto in tanto si appisolava, e Laura gli copriva le ginocchia con un plaid, restando per qualche istante a guardarlo con il cuore pieno di tenerezza.

Vi erano momenti, come quelli, in cui pensava che con l'altra figlia Romano non avesse mai avuto un rapporto tanto intimo. *Gloria*. Il pensiero di lei la riportò alla realtà. Le dieci. Sollevò gli occhi dall'orologio riproponendosi di scoraggiare, per il futuro, ogni tentativo di rapporto che non fosse quello di lavoro. Non voleva imporre a se stessa un disagio insopportabile.

Si guardò intorno per vedere se stesse arrivando e il

sangue le si gelò: suo padre era sbucato dall'angolo e si stava dirigendo verso di lei, con il volto sorridente e agitando un pacchetto. «Ho una sorpresa per te!»

Laura ritrovò la voce. «Papà, devi andare via subito. Sto aspettando Gloria...»

Troppo tardi. Una macchina si accostò al marciapiede e pochi istanti dopo ne scese Gloria. «Papà, che cosa fai qui?» chiese sorpresa.

Laura provò una stretta al cuore vedendo il viso imbarazzato di suo padre. «Sono scesa ad aspettarti e l'ho visto uscire dal negozio di fronte...» spiegò in fretta.

«E io ho riconosciuto subito la tua collega della Life» Romano aggiunse.

«Hai fatto spese, papà?» gli chiese indicando il pacchetto.

«Sì... Un piccolo regalo per tua madre.»

«Dovresti averne più spesso, di questi pensieri! Adesso io e Laura dobbiamo andare a fare delle spese. Ciao, papà.»

«Divertitevi, ragazze.»

Laura avrebbe ricordato di quella mattinata soltanto la profonda stanchezza che la assalì dopo lo scongiurato pericolo. Tornò a casa all'una, prendendo come pretesto un forte mal di testa per rifiutare l'invito a colazione di Gloria.

Si sdraiò sul divano e si risvegliò quattro ore dopo. Aveva il viso in fiamme e le ossa indolenzite. Misurò la febbre: trentanove. Prese due aspirine e tornò a sdraiarsi sul divano.

Sono sola, pensò. Se avessi un malore non saprei a chi rivolgermi e nessuno se ne accorgerebbe. Si irritò con se stessa per quell'attacco di commiserazione. Che idee le venivano? A nemmeno trent'anni cominciava già ad avere le paure dei vecchi?

Stava sprofondando nuovamente nel sonno quando Luca le telefonò. «Ho finito adesso il mio primo intervento! Non so se ringraziare te o le palline cinesi, ma la mano è tornata come prima!» disse d'un fiato, con l'entusiasmo di un bambino.

Laura si raschiò la gola. «Sono contenta» riuscì a rispondere con un filo di voce roca. «Che intervento era?»

«Un labbro spaccato e... Stai bene, Laura?»

«Ho la febbre e faccio fatica a parlare.»

«È una diagnosi un po' vaga, per una come te. Sei sola?»

«Sì.» Avrebbe voluto aggiungere che non era il caso di preoccuparsi e che non aveva bisogno di niente, nel caso quel flebile "sì" gli fosse apparso un cedimento al vittimismo. Ma si risparmiò la fatica. Pensasse pure quello che gli pareva, non le importava niente.

Ho sonno, pensò. E siccome il silenzio di Luca si stava prolungando troppo, si affrettò a interromperlo. «Sono contenta per la tua mano. Adesso dormo, ciao.»

Ricadde sul divano con la gola trafitta da mille aghi. *La solita faringite*. Laura riudì la voce del pediatra, e poi quella rassicurante di sua madre. I ricordi più caldi dell'infanzia erano legati a quegli attacchi di faringite: la mamma la trasportava nel suo letto ed era tutta per lei. Entrava e usciva dalla stanza portandole una spremuta d'arancia, un budino, una fetta di morbida crostata. Le accarezzava la fronte, le raccontava le favole, la lasciava dipingere con gli acquarelli, assecondava ogni suo capriccio senza rimproverarla mai. Poteva macchiare le lenzuola, spargere le briciole nel letto, rifiutare di lavarsi la faccia...

Gli occhi le si riempirono di lacrime. Mai come in quel momento aveva avvertito così struggente il bisogno di sua madre e così acuto il dolore per la sua perdita. Voglio una spremuta d'arancia... Voglio una carezza... Voglio mia madre... Si raggomitolò sotto al plaid e scoppiò in singhiozzi.

Hai bisogno di un antibiotico e di un antipiretico. L'ordine arrivò dalla parte ancora lucida di sé. Ma era troppo stanca per alzarsi.

Scivolò in un sonno agitato e pieno di rumori sgradevoli che le rintronavano nella testa. Ne riemerse al suono, familiare, del telefonino.

Era Luca. «Sono sotto casa tua e cominciavo a spaventarmi. Non hai sentito il citofono?»

«No, scusa.»

«Puoi aprirmi?»

Lo aspettò appoggiata allo stipite della porta, incapace di capire se quella inaspettata visita la disturbava o le era di sollievo.

«Mi sento male» sussurrò appena lo vide, implorando tra sé che capisse l'inopportunità di battute sarcastiche o provocazioni.

Luca la sorresse per un braccio. «L'avevo capito. Sono passato da qui per questo, e ti ho portato qualche medicina.»

La febbre era salita a quaranta. Dopo averla visitata con cura, Luca le fece fare un gargarismo e la aiutò a mettersi a letto. Poi le porse una compressa di antibiotico con un bicchiere d'acqua. «Devi prenderne una ogni dodici ore» le ricordò. «Ti lascio la scatola sul comodino.»

Si allontanò in punta di piedi e ritornò pochi minuti dopo porgendole un altro bicchiere. «È il succo di pompelmo che ho trovato nel tuo frigorifero.»

Laura si sollevò sul cuscino. «Credevo che te ne fossi andato.»

«Senza nemmeno salutarti? Avanti, bevi.»

«Credevo che mi odiassi» Laura disse restituendogli il bicchiere.

«È soltanto una tregua. Adesso non parlare.» Si allontanò di nuovo per portare il bicchiere sporco in cucina vietandosi di guardare il quadro di Klimt, l'antico tappeto caucasico, la preziosa ribaltina.

Quel pomeriggio, mentre operava, aveva pensato a Laura con gratitudine. Laura la testarda, Laura l'appassionata, Laura l'inarrestabile. È soltanto una tregua, ripeté a se stesso mentre posava il bicchiere nel lavello. *Ma ti fa sentire bene*.

Tornò da Laura e si sedette di fianco al suo letto.

«Grazie, Luca.»

«Va meglio?»

«Sì...» Allungò una mano per cercare quella di lui. «Stavo male anche perché ero sola.»

Il suono del citofono invase la stanza. Laura ritrasse la mano e lo fissò con una espressione quasi spaventata. Il viso di Romano Forti comparve inquadrato nel videocitofono sopra al comodino.

Luca si alzò di scatto. «A quanto pare, non sei più sola. Devo nascondermi nell'armadio oppure c'è una via di fuga?»

«Esci dalla cucina. Non è come credi...» sussurrò con voce desolata.

XV

Nuove assunzioni, commiati, fidanzamenti, matrimoni... Da anni, tutti gli eventi della Life erano scanditi dalle mitiche feste in casa Nardi. Gli inviti potevano apparire provocatori o irriguardosi perché Tilly li estendeva a tutti, incurante di rotture, rivalità, inimicizie.

Laura espresse le sue perplessità a Denise dopo che Tilly la invitò, con un sorriso soave, a festeggiare nella sua villa il fidanzamento di Luca e Gloria.

«Naturalmente ho preso una scusa per rifiutare: ci pensi al disagio di Luca, se avessi accettato? Visto che è la sua festa, avrebbe dovuto sottoporgli l'elenco degli invitati...»

«Non l'ha mai fatto.»

«Ma è una mancanza di rispetto!»

«Al contrario. Tilly ha il culto dell'amicizia e non vuole fare la conta dei bravi e dei cattivi, delle simpatie e delle antipatie: se qualcuno ha dei problemi a partecipare, o sa di crearne con la sua presenza, è libero di rifiutare l'invito. Come hai fatto tu.»

«Non ho ancora capito se Tilly mi piace o no...» Laura confessò. «A volte mi sembra così mielosa.»

«È una persona buona e generosa. La migliore che ho conosciuto. Senza l'aiuto di Tilly, io sarei stata perduta.»

«E io lo sarei stata senza di te...»

Denise la guardò con tristezza. «Qualunque persona tu stia proteggendo, non può valere quello che gli hai sacrificato...»

«Soltanto un uomo che non ha avuto fiducia in me.»

«E tu ne hai forse avuta in lui? Se gli avessi detto perché un uomo ti ha comperato una casa e quale legame vi unisce, credi che sarebbe corso a riferirlo a tutti?»

«Non l'ho detto nemmeno a te. *Non posso*, Denise. Ma tu non mi consideri una mantenuta, una... Non voglio parlarne più. Ormai è una storia finita.»

Romano Forti posò il suo bicchiere e andò a sedersi in una poltroncina all'angolo del salone. Guardò Gloria: attaccata al braccio di Luca aveva una radiosa espressione di possesso.

Qualcosa gli si mosse dentro, come un urlo di protesta che gli squassò le viscere. *Non è mia figlia. Per difendere questa estranea ho sacrificato Laura.* L'orrore di quel pensiero gli tolse il respiro. Si slacciò la cravatta e respirò a fondo, cercando di liberarsi da quel senso di soffocamento e di costrizione. Devo andarmene da qui, pensò con affanno.

Tutta quella gente allegra, tutti quei brindisi, tutti quei sorrisi... Quella festa gli parve la sinistra resa dei conti di tutti i suoi sbagli. Trent'anni di colpevole silenzio stavano per abbattersi sulle vite delle persone che più gli erano care: accanto a un uomo che non l'amava Gloria sarebbe diventata una moglie infelice e frustrata, Amalia avrebbe eretto un muro sempre più alto di rancore e di gelo, Laura non avrebbe mai più avuto il coraggio di amare...

«Almeno per una sera potresti risparmiarci questa tua faccia da funerale!» La voce sibilante di Amalia. «Se non ti importa niente di tua figlia, fallo almeno per buona educazione!»

«Mi dispiace...»

«Sta per arrivare la torta. Alzati.» Lo afferrò per un braccio.

Romano si sollevò dalla poltroncina avvertendo, ancora più acuto, il senso di soffocamento e di costrizione. «Devo andare...»

«Dalla tua sgualdrina?» ringhiò Amalia.

«Mi dispiace...» Tirò un respiro. «Devo andare, Amalia.»

Laura fu più preoccupata che stupita nel vedere suo padre. «Non dovevi essere alla festa?»

«Ci sono stato fino a poco fa» mentì. In realtà aveva lasciato la villa di Tilly da oltre un'ora. Prima di andare da sua figlia aveva fatto una sosta in un bar per pettinarsi e lavarsi la faccia e aspettato che la pastiglia facesse effetto.

Adesso si sentiva molto stanco, ma il senso di soffocamento era scomparso.

«Papà, non dovevi venire qui. Stasera il tuo posto era alla festa di Gloria, accanto a tua moglie e ai vostri amici...» Laura disse con sincero rammarico. «Lo capisci che con questi gesti rendi sempre più difficili i rapporti con la tua famiglia?»

«Volevo vederti, tutto qui.» La mia famiglia sei tu, avrebbe voluto dirle. E sono desolato per tutte le cose che mi sono perduto di te. Per tutte quelle che ti ho tolto.

Laura lo fece sedere e gli mise il plaid sulle ginocchia. «Immagino che tu abbia bevuto abbastanza...»

«Un goccio del mio whisky lo prendo volentieri.»

Quel *mio* la commosse. «Non devi più fare niente per dimostrarmi il tuo amore. Adesso ne sono sicura. Lasciare la festa è stato un gesto molto sciocco che mi fa sentire in colpa... Non voglio più essere un problema per te, papà.»

«Ho sbagliato tutto e stasera l'ho capito con certezza... Quando tua madre mi ha detto di essere incinta, avrei dovuto pensare soltanto a te... Tu venivi prima di Amalia, prima di Gloria...»

«Smettila di tormentarti, papà.» Gli porse il bicchiere. «Bevi. Tra poco devi andartene.»

«Perché non ho detto a Luca che ero tuo padre?»

«Perché te l'ho proibito. Ti ho minacciato di non...»

«Sciocchezze. Ma forse non è troppo tardi... Devi promettermi che...»

Solo in quel momento Laura si accorse che suo padre aveva il viso sofferente e parlava con affanno. Gli tolse il bicchiere dalla mano. «Sdraiati un momento.»

«Forse è meglio che vada a casa, Laura. Una buona notte di sonno e passa tutto.»

«Papà, non ti lascio andare via da solo!»

«Chiama un taxi. Subito, per piacere.»

«Sei sicuro di non volere...»

«Non insistere. Chiama un taxi.»

Laura dovette attendere dieci minuti prima di trovarne uno. Mentre era in linea non perdeva d'occhio suo padre. Le sembrò che stesse meglio. «Arriva in dieci minuti» gli disse riattaccando.

«Grazie. Non preoccuparti, domattina starò benissimo.»

«Gloria e tua moglie saranno ancora alla festa... Sei sicuro di volere andare a casa adesso?»

«Ci sono i domestici filippini. Smettila di fare la figlia ansiosa.»

Gli porse un braccio e lo aiutò ad alzarsi. «Ti accompagno al portone.»

Erano appena usciti dall'ascensore quando Romano si accasciò con un gemito. L'autocontrollo professionale ebbe il sopravvento sul panico: Laura adagiò il padre e corse fuori dal portone implorando tra sé che il taxi fosse arrivato. Lo vide accostare al marciapiede.

«Per favore, scenda!» disse concitatamente all'autista, quando le aprì la portiera. «Mio… un signore si è sentito male e dobbiamo andare subito all'ospedale. Mi aiuti a trasportarlo sul suo taxi!»

L'uomo scese lentamente dalla vettura e la fissò con una espressione perplessa. «Dov'è questo signore?»

«Dentro al portone. Si sbrighi, sta male!»

Il tassista la seguì sempre più perplesso e non appena vide Romano riverso sul pavimento fece istintivamente un passo indietro. «Chiami l'ambulanza, io non voglio responsabilità.»

Il tono non ammetteva repliche e Laura capì che sarebbe stato inutile insistere. «La chiami lei. La prego, ho lasciato il cellulare in casa e non c'è un minuto da perdere.»

Il tassista, che si aspettava una scenata isterica, di fronte a quella arrendevolezza diventò immediatamente collaborativo. «Vado subito in macchina a telefonare» disse.

L'ambulanza arrivò dopo dieci minuti. Romano aveva ormai perso conoscenza. Laura lasciò che lo caricassero e seguì la barella. «Ha bisogno di ossigeno e di…»

«Lasci fare a noi» disse un infermiere.

«Sono un medico.»

«Mi scusi. Vuole salire con noi?»

«Sì. Portiamolo alla Life» aggiunse dopo qualche istante di esitazione. Era sicura che Amalia e Gloria l'avrebbero fatto ricoverare lì, e la clinica disponeva di una unità coronarica eccellente.

«Alla Life» l'infermiere disse all'autista.

L'ambulanza partì a sirene spiegate e Laura chiese di poter telefonare personalmente al pronto soccorso. Era di guardia Lanzi, uno dei medici della terapia intensiva, e Laura gli preannunciò l'arrivo di Romano Forti. «Credo che abbia avuto un infarto... Dovresti telefonare a Villa Nardi. Sua moglie e sua figlia sono lì e bisogna avvertirle subito.»

«Stai tranquilla, Gellini. Predispongo per il vostro arrivo e faccio avvisare la famiglia.»

Romano fu subito ricoverato nel reparto di unità coronarica e Laura, in piedi davanti alla vetrata, aspettò col cuore in gola che Lanzi ne uscisse per sapere qualcosa.

All'angoscia per la sorte del padre si aggiungeva quella di dover spiegare ad Amalia e Gloria perché era stata lei ad accompagnarlo in ambulanza alla Life. Sperò tra sé che nessuno si curasse di riferire quello che poteva apparire un particolare irrilevante.

Il dottor Lanzi uscì dal reparto e si avvicinò a lei. «Sono arrivate la moglie e la figlia?» chiese.

«Non ancora. Come sta...» Le mancò la voce.

Lanzi allargò le braccia. «È un brutto infarto miocardico. Se ne sta andando. Aspetta, arrivano adesso» Lanzi disse allontanandosi per andare incontro ad Amalia, Gloria e Luca.

Laura era talmente sconvolta che quasi non fece caso a loro. Suo padre stava morendo. La violenza di quella realtà la fece barcollare. Oddio no, non adesso che lo avevo ritrovato, papà non puoi lasciarmi...

Il dottor Lanzi si stava avvicinando e lei lo fissò stranita, con gli occhi appannati dalle lacrime.

«Gellini, vuoi spiegare alla famiglia che cosa è successo?» Si era avvicinata anche Gloria. «Lanzi dice che sei stata tu a portare papà alla Life...» disse perplessa. «Dove si è sentito male?»

Luca fece un balzo verso la fidanzata e la prese per un braccio. «Questo non è importante, adesso.» Lanciò a Laura uno sguardo gelido. «Ce lo dirai un'altra volta. Puoi andare a casa, non c'è più bisogno di te.»

Laura abbassò la testa. «Sì, vado.» Come un automa si diresse verso l'ascensore. Ma nel momento di salire, la disperazione e la rabbia ebbero l'effetto di una scossa. Sono sua figlia, il mio posto è qui, non posso andarmene.

Voltò le spalle all'ascensore e andò a sedersi nella piccola sala d'aspetto poco distante. Papà, non morire. Fallo per me. Non punirmi... È colpa mia. Gli ho dato soltanto angosce e problemi... L'ho odiato e respinto... L'ho fatto dannare... Scoppiò in lacrime.

Non è ancora morto. Basta. Signore, salvalo, pregò. Non restava che aspettare.

D'un tratto udì l'ascensore aprirsi e le voci affannate di Tilly e Denise. E poi le urla di Amalia: «Voglio vedere mio marito, non possono impedirmelo!».

Laura balzò in piedi temendo che il padre fosse morto. Ma la voce di Lanzi la rassicurò: stava spiegando pazientemente ad Amalia che appena possibile l'avrebbe portata da lui... In quel momento uno specialista lo stava visitando...

La voce di Luca: «Amalia, venga con me».

Tilly: «Puoi aspettare nella saletta qui accanto».

Gloria: «Mamma, vuoi farti venire un infarto anche tu?».

Denise: «Romano deve riprendere conoscenza, stare tranquillo».

Amalia: «Voglio soltanto vederlo! Non lo disturberò, non gli dirò niente!».

Luca: «Ha sentito? Uno specialista lo sta visitando».

Denise: «Vieni nella saletta, non serve restare qui».

Devo andarmene, Laura pensò con affanno. *No, tu resti qui*. Mio Dio, che cosa devo fare?

Le voci erano sempre più vicine. Laura sollevò lo sguardo e vide Luca entrare nella saletta con un braccio attorno alla vita di Amalia.

Anche lui la vide. Con un gesto fulmineo spinse la donna oltre la porta e poi, solo, si diresse verso di lei. «Se hai un minimo di decenza, sparisci» disse.

La voce era una lama di odio, ma l'angoscia per suo padre aveva eretto una barriera impenetrabile nel cuore di Laura. Niente altro poteva raggiungerla, farle male.

Lo guardò con indifferenza. «Io resto qui.»

La lasciarono sola come un'appestata e quelle furono le ore più terribili della sua vita. Di tanto in tanto vedeva passare qualche medico o qualche infermiera e avvertiva la curiosità delle loro occhiate fuggevoli.

Alle tre del mattino Denise si affacciò esitante nella saletta deserta. «Sono con Gloria e Amalia» le disse avvicinandosi, quasi a scusarsi.

«Romano come sta?»

Denise scosse la testa. «Poco fa ha avuto un arresto cardiaco. Ha una tempra da lottatore... È un miracolo che sia ancora vivo.» Le posò una mano sulla spalla. «Laura, ti prego, va' a casa. Lo dico per il tuo bene, non posso sopportare che...»

«Io resto qui.»

Tilly sopraggiunse in quel momento. Dopo aver accennato un sorriso a Laura si rivolse a Denise: «Amalia ha perso il controllo, vuole a tutti i costi vedere il marito. Per favore, aiutami a calmarla».

Il dottor Lanzi fece un cenno a Tilly. «Siamo alla fine... Porta pure dentro sua moglie» le sussurrò.

Amalia intuì, più che sentire, quelle parole e si slanciò oltre la vetrata. Un prete era davanti alla stanza di Romano, e lei lo scostò bruscamente per entrare.

Alla vista del marito si arrestò di colpo, come paralizzata. Sta morendo, pensò.

Tilly sopraggiunse e le circondò le spalle. «Fatti coraggio...»

Amalia si divincolò con violenza. Scostò la tenda e si curvò singhiozzando sul marito. «Non devi lasciarmi! Romano, ti supplico, ascoltami!»

Gli baciò il viso, le mani. Gli occhi di Romano si aprirono lentamente, in una fissità lontana, e un suono gutturale interruppe il suo rantolo.

Amalia ebbe l'impressione che stesse lottando con tutte le sue forze per riemergere dal buio della morte. Di nuovo quel suono gutturale, raschiante. Romano apriva e chiudeva la bocca, il volto contratto in uno sforzo straziante.

Amalia ne fu sconvolta. Era finita. *Doveva* lasciarlo andare. Gli prese una mano. «Sono qui, con te...»

Le dita di Romano strinsero le sue. «Ti... amo...»

Un fiotto di lacrime riempì gli occhi di Amalia. «Ti amo anch'io. Non parlare...»

Romano scosse la testa con un movimento frenetico, emettendo una serie di suoni sempre più disarticolati e convulsi. E alla fine quei suoni si trasformarono in un nome pronunciato tutto d'un fiato: *Laura*... Amalia arretrò come colpita da uno schiaffo. «*Laura...*» suo marito ripeté. E fu la fine.

Quel nome restò sospeso nell'aria insieme con l'ultimo sussulto di Romano e Amalia restò impietrita, trattenendo il respiro, fino a quando orrore e disperazione non dilagarono dentro di lei ed esplosero in un urlo: «Aiutatemi!».

In pochi istanti la stanza si riempì di persone. Laura vide correre Lanzi e due infermieri verso il reparto e capì che Romano era morto.

Si alzò di scatto, ma subito si fermò. Udì i singhiozzi di Gloria, le grida di Amalia, e un sovrapporsi di voci, di rumori. Non poteva uscire da lì col rischio di essere vista, e non poteva nemmeno correre da Romano: da quel momento doveva tornare la figlia invisibile.

Tornò a sedersi in un angolo della saletta. Addio papà, gli disse silenziosamente. Mi dispiace non essere con te, ma non ti ho mai sentito tanto vicino. In questi ultimi mesi mi hai dato tanto amore che mi basterà per tutta la vita. Grazie, papà. Riposa in pace, papà...

«Amalia, si calmi!» Era la voce di Luca. Vicinissima. Laura si raggomitolò nella poltrona.

«Amalia, no... Ti prego, fermati!» Era Denise. Supplice, spaventata.

La moglie di Romano irruppe nella saletta e Laura la vide divincolarsi dalla stretta di Luca e avventarsi su di lei come una furia.

La afferrò per le spalle e la sollevò di peso. «Vattene via da qui, sgualdrina! Hai rovinato la mia vita!» gridò.

«Basta, Amalia» Luca la immobilizzò mentre stava alzando le mani su di lei e la portò fuori di forza.

Denise fece per seguirli, ma dopo qualche passo si fermò esitante.

«Non vieni?» la esortò Tilly.

«Aspetta.» Denise si avvicinò lentamente a Laura, il viso pieno di tristezza. Le sfiorò una spalla. «Mi dispiace tanto... Ma avresti dovuto andare via.»

Laura sollevò la testa. «Non potevo» disse in un sussurro.

«So che cosa vuol dire amare un uomo sposato, ma...»

Tilly fece un passo avanti. «E io so che cosa vuol dire essere tradite» intervenne con insolita durezza. «Mio marito è morto in una stanza d'albergo mentre era con una donna... Puoi immaginare la mia umiliazione? Puoi capire che cosa ha provato Amalia poco fa? Suo marito è morto pronunciando il tuo nome… il nome dell'amante. E io…»

«Tilly, smettila» la interruppe Denise. Indicò Laura. «Sta male anche lei, non lo vedi? O pensi che le *amanti* siano tutte sgualdrine senza cuore?»

Laura alzò il viso inondato di lacrime. «Romano Forti non era il mio amante… Era mio padre!»

XVI

Diego Olivares stimava Laura e provava molta simpatia per lei, ma la morte di Romano aveva reso impossibile la sua permanenza alla Life.

Fu quanto comunicò a Tilly due giorni dopo i funerali: la Gellini doveva andarsene, sia per un atto di rispetto nei confronti della moglie e della figlia di Romano, sia per mettere fine ai pettegolezzi e alle illazioni che stavano infestando la loro clinica.

La violenta reazione di Tilly stupì Olivares. «Credevo che disapprovassi quanto me la relazione di Laura e il suo discutibile comportamento la notte in cui Forti è morto» osservò.

«Le cose non stanno come credi.»

Diego emise un sospiro rassegnato. «Sei sempre la solita. Quando la smetterai di difendere tutto e tutti?»

«Se soltanto potessi parlare...» Tilly fremette. «Senti, come azionista e come amica ti faccio un'altra proposta: chiedi a Laura Gellini di mettersi in aspettativa o in malattia per due mesi.»

«E tra due mesi che cosa cambierà?»

«Forse *tutto*» Tilly replicò con una espressione truce.

Romano Forti è mio padre! Tilly non avrebbe mai dimenticato l'urlo di Laura né la sua espressione spaventata e colpevole di quando si era resa conto di ciò che le era sfuggito. Tilly non aveva dubitato un solo istante che quella fosse la verità, e come lei Denise.

Erano state loro a portarla fuori dalla Life, sorreggendola e facendo da scudo all'ultima aggressione, quella di Gloria. Laura sembrava indifferente a tutto.

Tilly e Denise l'avevano riportata a casa e da tre giorni si alternavano per non lasciarla sola. E in quei tre giorni, dapprima con riluttanza e poi con l'urgere di uno sfogo liberatorio, Laura aveva raccontato tutta la storia del suo rapporto col padre. Tilly ne era rimasta sconvolta.

Sia lei sia Denise l'avevano supplicata di dire la verità ad Amalia e Gloria Forti, ma Laura non intendeva ragioni. Dopo il colloquio con Olivares, Tilly perse la testa.

«Quante violenze vuoi ancora infliggerti?» gridò indignata. «Non posso starmene buona e zitta mentre ti immoli per due donne che hanno avuto tutto e adesso vogliono anche lasciarti senza lavoro! Credi che tuo padre vorrebbe questo?»

Tilly ricordava col cuore stretto la sera della festa. Romano sembrava un'anima in pena. E soltanto adesso capiva: non era quello il suo posto, non erano quelle le persone con cui desiderava stare... Colpito da un infarto, aveva abbandonato tutti per correre dalla sua vera figlia. Forse inconsciamente, voleva morire con lei. Ed era lei che aveva invocato, mentre sentiva la vita andarsene.

Ma tutto questo Laura lo sapeva. Non sopportò il suo viso chiuso in quella espressione testarda. «Se non parli tu, lo farò io» disse Tilly.

«E con quali prove? Negherò. Dirò che ti ho raccontato una grande bugia per non perdere il posto alla Life.»

Più tardi Tilly disse a Denise: «È una tale pazza che sarebbe davvero capace di farlo!».

Era triste amare una persona e non poter fare nulla per salvarla.

Una settimana dopo i funerali di Romano, Denise ricevette una telefonata da tale Dino Argenzi. L'uomo aveva una voce gradevole e cordiale: si qualificò subito come un avvocato, precisando che però le stava parlando come vecchio amico di Romano Forti.

«Devo incontrare la dottoressa Laura Gellini, per alcune comunicazioni che la riguardano, e il desiderio di Romano era che lei assistesse a questo incontro.»

Con grande sorpresa di Denise, Laura non fece alcuna resistenza e l'appuntamento venne fissato per il pomeriggio successivo.

L'avvocato Argenzi era un uomo sulla sessantina, dai modi cordiali quanto la sua voce. Spiegò subito che aveva rivisto Romano un mese prima della sua morte. Figli di due cugine molto unite, si erano frequentati regolarmente fino ai vent'anni per poi perdersi di vista. «Sulle prime mi ha stupito e anche rattristato che Romano non avesse altre persone a cui rivolgersi in un momento difficile, ma poi ho capito che la famiglia e il lavoro gli bastavano per riempire la vita. Soprattutto la famiglia» spiegò rivolgendo lo sguardo a Laura.

Lei lo eluse, imbarazzata. «Sì, certo.»

«Soprattutto tu!» Argenzi precisò con un tono confidenziale e affettuoso. «Tuo padre mi ha confessato che la più grande gioia della sua vita è stata la vostra riunione. Soltanto la paura di creare nuove animosità tra voi l'ha trattenuto dal parlare alla moglie di te... Della sua unica figlia.»

Laura rialzò la testa, combattuta tra commozione e imbarazzo. «Grazie per avermelo detto.»

«Non ti ho chiamata solo per questo. Tuo padre

avrebbe voluto vivere ancora a lungo, ma dopo gli ultimi controlli non si faceva troppe illusioni... È venuto da me per lasciarmi le sue ultime disposizioni testamentarie: un terzo del suo patrimonio andrà a te.»

«Io non voglio niente!» Laura si schermì, quasi spaventata.

«Romano era certo che avresti avuto questa reazione.» Si rivolse a Denise, che fino a quel momento era rimasta in silenzio. «Sapendo quanto lei è amica di Laura, ha voluto che fosse presente al mio incontro con lei. Era certo che l'avrebbe convinta a essere ragionevole, a rispettare la sua volontà.»

«Mio padre mi ha pagato gli studi e mi ha regalato una casa: non voglio altro. Non *ho bisogno* di altro» Laura ribadì con forza.

«Questo dovrà deciderlo Amalia Forti» Argenzi disse con pazienza. «Mi ha lasciato anche una lettera da consegnare alla moglie. Ne conosco il contenuto: Romano le ha scritto tutta la verità sul vostro rapporto e la prega di rispettare le sue disposizioni testamentarie.»

«Strappi tutto» Laura disse perentoria.

Fu Denise a protestare: «Non puoi chiedere una cosa simile a un avvocato, a un...».

«Mio padre si è rivolto a lui come amico. E io lo chiedo all'*amico*.»

Argenzi scosse la testa. «Proprio per questo non posso farlo. Romano mi ha chiesto di incontrarmi con te *prima* di consegnare la lettera alla moglie perché non voleva che fosse lei a parlarti dell'eredità. Era certo che in quel caso ti sarebbe stato troppo facile rifiutare.»

«Rifiuto comunque. La legge me lo consente, credo.»

«Certamente sì... Ma io devo comunque consegnare la lettera alla signora Forti.»

«E a che scopo? Visto che io non voglio nulla, quella lettera le darebbe soltanto un dolore inutile.»

Intervenne, di nuovo, Denise. «Io propongo di non prendere decisioni affrettate. Perché non ci ritroviamo qui tra due giorni?»

L'avvocato sembrò molto sollevato. Prima che Laura obiettasse qualcosa si alzò, guardando l'orologio. «Mi sembra una buona proposta. Adesso, se permettete, ho un altro appuntamento.»

Denise telefonò subito a Tilly: non soltanto per raccontarle dell'incontro con l'avvocato, ma per chiederle di aiutarla a fare ragionare Laura.

Laura sembrava irremovibile: non voleva niente, non aveva bisogno di niente, nessuno doveva sapere che lei era la figlia naturale di Romano Forti.

Dopo tre ore trascorse nel vano tentativo di farle cambiare idea, Tilly sbottò estenuata: «Non ho ancora capito perché ti ostini a proteggere due donne odiose come Amalia e Gloria!». Finalmente aveva buttato fuori il rospo. «Non dirmi che ti fai degli scrupoli per loro.»

«Sarebbe una bugia» Laura ammise. «Ma mio padre le ha amate e protette fino all'ultimo.»

«Questo non è esatto. Il suo ultimo desiderio è stato fargli sapere la verità.»

A quel punto Laura capì che non poteva più nascondersi dietro un rifiuto apparentemente irragionevole. In un atto di amore estremo suo padre le aveva sacrificato il rispetto della propria memoria, e non poteva permetterglielo. Provò a spiegarlo a Tilly.

«Se Amalia sapesse che Romano le ha mentito per ventinove anni, tacendole l'esistenza di una figlia, trascorrerebbe il resto dei suoi anni detestandolo e sentendosi ingannata. È questo che non voglio. Mio padre è morto e non può difendersi... Non può farle capire che con il suo silenzio ha voluto soltanto proteggerla. Desidero che riposi in pace. Che la sua memoria sia rispettata.»

«Amalia crede che suo marito sia morto invocando l'amante. Non è ancora peggio?» Tilly obiettò.

«No. Col tempo recupererà i ricordi migliori dei loro trent'anni insieme e si convincerà che io sono stata una sbandata... Una donna che alla fine avrebbe sicuramente lasciato per tornare da lei.»

«E a te non pensi?» Tilly obiettò, ormai disarmata.

«Io sono ancora viva. Posso difendermi e ricominciare.»

Due giorni dopo fu Tilly, da sola, ad andare nello studio dell'avvocato Argenzi. Conosceva sua moglie, i loro figli si erano frequentati, un'estate avevano anche trascorso le vacanze insieme.

Tilly premise ad Argenzi che non condivideva il rifiuto di Laura all'eredità, ma suo malgrado ne aveva capito i motivi. La ragazza voleva tutelare il ricordo del padre. Romano doveva essere pianto come il grande uomo che era stato. A quel punto Tilly concordava con la richiesta di Laura: distruggere una lettera che avrebbe inutilmente arrecato rabbia e dolore.

Dopo molte resistenze, Argenzi cedette. Ma solo in parte. Tolse dalla cassaforte la busta con la lettera e le disposizioni testamentarie e la consegnò a Tilly. «Esigo che tu la conservi. Le cose potrebbero cambiare, e un giorno Laura stessa potrebbe avere bisogno di ristabilire la verità.»

Tilly promise che lo avrebbe fatto. E lo ringraziò di quell'atto di fiducia.

Argenzi scosse la testa. «In realtà ho voluto soltanto coinvolgerti per sentirmi meno colpevole.»

Tilly non osò dirgli che si sentiva colpevole anche lei.

Un mese dopo la morte di Romano, la vedova e la figlia fecero celebrare una messa commemorativa nella cappella del cimitero. E Tilly capì che Laura aveva visto giusto. Fu quando, al termine della messa, gli amici della Life si raccolsero davanti alla tomba di Romano. Amalia depose nel vaso un grande mazzo di rose bianche e sfiorò la fotografia del marito con il tocco lieve di una carezza. Poi sollevò lo sguardo su Tilly. «Sono certa che mi amava e che sarebbe tornato da me» sussurrò.

Amalia riversava sulla figlia tutto l'affetto che non poteva più dare al marito. Da quella straziante perdita era derivato qualcosa di buono che, ne era certa, avrebbe reso felice anche Romano: il rapporto tra la loro figlia e il fidanzato si era fatto sempre più profondo.

Gloria aveva avuto una crisi terribile nell'apprendere che Laura Gellini era stata l'amante del padre e Amalia si detestava per non essere riuscita a nascondergliela. Ma anche da quella umiliante perdita di autocontrollo era derivato qualcosa di buono: la solidarietà di Luca, il suo comportamento protettivo e tenero nei confronti di Gloria.

Dopo la morte di Romano accompagnava a casa Gloria ogni sera e molto spesso si fermava a cena da loro, quasi si sentisse in dovere di sostituire il capofamiglia scomparso.

Fu al termine di una di quelle cene che Amalia gli raccontò per la prima volta la storia di Gloria e il giorno in cui era entrata nella vita sua e di Romano.

Era una piccola di poche settimane, denutrita e con gravi disturbi respiratori. I genitori la lasciavano sola tutto il giorno, per andare a fare accattonaggio e suonare la chitarra: forse non erano dei cattivi ragazzi, ma sicuramente incoscienti e schiavi della droga.

La madre aveva tentato di ribellarsi quando l'assistenza pubblica le portò via la bambina, ma si era rassegnata ben presto all'evidenza: né lei né il suo compagno erano in grado di provvedere a lei...

Amalia rievocò le notti e i giorni trascorsi vegliando Gloria: disabituata a nutrirsi, fino a sei mesi dovette essere alimentata attraverso le narici, con un contagocce... Respirava a fatica, non aveva reattività. Fu davvero dura la lotta per farla sopravvivere e diventare una bambina normale.

«Uno dei momenti più belli della mia vita fu quando mi sorrise e agitò le piccole mani per essere presa in braccio» Amalia ricordò commossa.

Gloria corse ad abbracciare la madre. «Sono stata davvero fortunata a trovare il vostro affetto!»

Più tardi, quando Amalia andò a letto, Luca chiese alla fidanzata se non aveva mai avvertito il desiderio di conoscere i suoi veri genitori.

«No» rispose con voce dura. «Diversamente da mia madre, non ho alcuna compassione per loro. Chi abbandona una neonata per andare a cercare droga e per vagabondare è una bestia, non un essere umano. Anzi, peggio di una bestia, perché nessun animale abbandona i suoi cuccioli. Se io avessi un figlio, non riuscirei a lasciarlo nemmeno per andare a lavorare!»

Luca la guardò commosso. «Sei una ragazza straordinaria.» E avevo rischiato di dimenticarlo, aggiunse tra sé.

Quell'accenno al figlio, sia pure fatto in modo casuale e ipotetico, gli causò una fitta di disagio. E più tardi, quando rientrò a casa, non poté fare a meno di riflettere.

Che cosa aspettava a sposare Gloria? Era la sola donna con cui desiderava formare una famiglia, la sola che gli avesse mai ispirato una totale fiducia. Amava la sua integrità, il suo realismo, il suo equilibrio, i suoi buoni sentimenti: erano questi i presupposti di un'unione serena, le sole fondamenta resistenti alle rovinose scosse della passione.

Gloria non gli metteva fretta: l'essere diventata ufficialmente la sua fidanzata le sembrava già un rassicurante passo avanti. Ma qualcosa tratteneva lui dal compiere quello successivo.

Analizzandosi onestamente, Luca capiva che viveva quel fidanzamento come un'area di parcheggio a tempo indeterminato. Era come avere un'opzione sulla moglie ideale, senza alcuna fretta di esercitarla.

Ma che fretta c'è? Basta con le elucubrazioni, Luca si disse. Sapeva che lo avrebbero portato a Laura, e non intendeva assecondare la parte masochista e insana di sé riesumando il ricordo di una donna indegna, frugando in una ferita che gli faceva ancora male.

XVII

I due mesi di aspettativa stavano per finire e Laura non era ancora riuscita a trovare un nuovo posto di lavoro.

Tilly aveva molte amicizie nel campo medico, colleghi di suo marito Ivano che erano rimasti in buoni rapporti con lei: e non riusciva a capire perché tutti i tentativi per fare assumere Laura, una professionista di comprovato valore, fossero caduti nel vuoto.

Ad aprirle gli occhi fu Giuseppe Ansaldi, il direttore amministrativo della Life. «La vedova di Romano Forti ha tutte le ragioni per detestare la Gellini, ma stamattina ho assistito a un colloquio con Olivares e ti confesso che ho provato un moto di ribellione...»

Le antenne di Tilly vibrarono. «Che cosa è successo?»

«Amalia voleva essere certa che alla Gellini non sarebbero state concesse altre proroghe. E quando Olivares l'ha rassicurata in questo senso, dicendo che nel frattempo Laura aveva di certo trovato un nuovo lavoro, lei ha ribattuto con voce quasi trionfante che *nessuno* la avrebbe mai assunta: aveva pensato lei a sputtanarla come meritava.» Ansaldi sembrava davvero colpito da quell'impietoso infierire.

Tilly ne fu addirittura indignata. «*Odio* quella donna» disse a Denise con voce feroce. «Laura è potenzialmente miliardaria, ma tra poco non avrà nemmeno i soldi per pagare le spese condominiali!»

Denise rifletté qualche istante. «Non ci sono problemi: la assumerò io a Casa Life.»

«Olivares non te lo permetterà. Casa Life è una struttura che dipende dalla sua clinica...»

«Ma io ho l'ottanta per cento delle azioni e nell'atto di costituzione societaria è precisato che questa struttura ha una gestione autonoma e io posso prendere autonomamente ogni decisione, dopo aver informato e consultato la Life. Adesso ringrazio il mio avvocato, che pretese di aggiungere una clausola: il parere della Life non sarebbe stato comunque vincolante. Questo significa che andrò da Olivares *per informarlo* che intendo assumere la dottoressa Gellini.»

Tilly la abbracciò. «Denise, sei grande!»

«Un momento: Laura potrebbe rifiutare. E questo, conoscendola bene, sarebbe l'unico problema. Irrisolvibile.»

«Esiste anche il ricatto» Tilly disse soavemente. «O Laura accetta, o io consegno ad Amalia la lettera del marito. Lo farei con una tale gioia...»

«Mi fai paura» rise Denise.

Come tutte le persone testarde, Laura aveva a volte degli atteggiamenti di imprevedibile arrendevolezza. Denise si era aspettata uno scontro estenuante per convincerla ad accettare la sua offerta di lavoro, e non riuscì a nascondere il proprio sollievo nel vederla invece subito accolta.

«Mi togli un tale pensiero!» Laura esclamò. «Mi dispiace soltanto creare dei problemi a te. So che alla Life ti metteranno in croce per aver sottratto l'orribile Gellini alla espiazione dei suoi peccati» aggiunse con amarezza.

Lo avevano già fatto: Luca Biagi, Olivares, Giovanna Medici, persino il mite Giuseppe Ansaldi. E Amalia aveva avuto quasi una crisi isterica.

Ma si guardò bene dal riferirlo a Laura. «Nessun problema. Sono la direttrice e la maggiore azionista di Casa Life e posso assumere chi voglio. Nella mia struttura c'era bisogno di un bravo medico che lavorasse a tempo pieno. Purtroppo non abbiamo sale operatorie, e avrai un ruolo inadeguato alle tue capacità.»

«Non esiste soltanto la chirurgia! Se mi darai il tuo appoggio, faremo di Casa Life un luogo di ospitalità e di lunga degenza perfettamente organizzato, anche sotto il profilo sanitario. Io voglio fare il medico, non carriera. Quando posso cominciare?»

«Anche domani» sorrise Denise, contagiata e commossa da quell'entusiasmo.

I tre anni trascorsi a Londra lavorando con Hasselt avevano fatto assimilare a Laura le peculiarità ma anche le idiosincrasie del grande maestro. Come lui amava la diagnostica, diffidava dei "testi sacri", mediava criticamente le certezze, rispettava le sofferenze degli ammalati e considerava il tempo trascorso al loro fianco per dire qualche parola di spiegazione e di conforto la più efficace delle terapie.

E, come lui, vedeva nell'eccesso di specializzazione una jattura della medicina moderna. *Tu farai l'ortopedico, ma devi restare un medico! Tu opererai ossa e arti, ma devi avere il controllo di tutto il corpo! Lo specialista vede un solo organo, il bravo medico ha una visione totale!*

Laura applicò queste regole anche a Casa Life. Il suo arrivo coincise con un periodo di eccezionale affollamento: agli ammalati che venivano trasferiti in quella struttura per la degenza postoperatoria si aggiunsero due bambini dializzati in attesa di trapianto del rene e una adolescente col volto sfigurato da una ustione.

Laura prendeva in consegna le cartelle, ne trascriveva i dati sul computer, seguiva il decorso, prescriveva le diete, somministrava i farmaci prescritti. Con suo grande sollievo poteva lavorare autonomamente, perché tutto questo non esigeva alcun contatto con i medici della Life.

Ma il caso di Stella, la ragazzina ustionata, creò il primo e burrascoso scontro tra lei e Luca Biagi. Alla vigilia dell'intervento, Stella fu trasportata nel reparto di Luca per essere sottoposta agli ultimi accertamenti. Dieci minuti dopo il suo ritorno a Casa Life ebbe una improvvisa crisi respiratoria e Laura, chiamata d'urgenza nella stanza dalla madre della ragazzina, si accorse che il collo, le mani e le caviglie si erano gonfiati paurosamente.

Laura pregò Denise di avvertire subito Luca Biagi, ma Luca aveva appena lasciato la clinica e il suo cellulare era spento. Laura mise subito Stella in terapia cortisonica e si collegò con il computer della Life per controllare se le avessero somministrato dei farmaci e cercare di capire quale potesse avere provocato una violenta crisi allergica. Su questa diagnosi, disse a Denise, non potevano esistere dubbi.

Purtroppo la scheda di Stella risultava aggiornata soltanto fino alla sera prima. Laura telefonò alla caposala del reparto di Luca e, dopo averle spiegato che cosa era successo, le chiese di inviarle la cartella della ragazzina.

La caposala rispose seccamente che non era autorizzata a farlo. E riattaccò. Laura, furibonda, tornò nella stanza di Stella per chiedere alla madre se sapesse quali esami erano stati fatti e se le risultasse che le erano stati somministrati dei farmaci.

Fu Stella a rispondere: «Il dottor Biagi mi ha levato alcuni pezzi di pelle... Per non farmi male, mi ha fatto due iniezioni... Sì, sulla faccia...».

Novocaina, Laura disse tra sé. «Sei sicura di non aver fatto altre iniezioni? O di non aver preso qualche medicina per bocca?»

«Sì, sono sicura...»

Grazie al cortisone, il gonfiore si era notevolmente ridotto e la crisi respiratoria stava passando.

Laura raggiunse Denise. «Domattina bisogna segnalare a Luca Biagi che Stella ha avuto una reazione allergica alla novocaina. Ti sarei grata se lo facessi tu.»

Prima di lasciare Casa Life, Laura tornò al computer e visualizzò tutti i dati della cartella clinica di Stella: con un sobbalzo, vide che alla voce "allergie" non risultava alcuna annotazione. Era possibile che l'anestesista non avesse fatto questo basilare accertamento? E, peggio ancora, che Luca non si fosse accorto della dimenticanza? Stampò la pagina che le interessava e la mise in una busta allegando due righe per segnalargli sia la crisi di Stella sia la necessità di sottoporre subito la ragazza agli accertamenti mancanti.

Tornò da Denise e la pregò di fare consegnare subito la busta alla caposala di Luca Biagi.

La prima reazione di Luca fu quella di andare da Olivares e, dopo avergli spiegato l'accaduto, metterlo di fronte all'aut aut: se non fai sparire la Gellini, io me ne vado. La sua rabbia crebbe nel momento in cui si rese conto che si sarebbe tagliato i coglioni da solo: Olivares lo avrebbe invitato a calmarsi e a ringraziare la collega per essersi accorta dell'imperdonabile svista.

L'ira si spostò su Gloria. Chiese alla caposala di mandarla nel suo studio e come entrò le fece una scenata: dove aveva la testa? Si rendeva conto della gravità della sua incuria? Era diventata anestesista con un corso per corrispondenza?

Gloria uscì dallo studio in lacrime, senza neppure tentare di difendersi, e dovette rincorrerla nel corridoio per chiederle scusa.

Una scena penosa. *Penoso sei tu*, si disse. Perché non aveva sollevato il telefono e ringraziato Laura per la segnalazione? Di che cosa poteva incolparla? Di essere un medico scrupoloso e attento?

La verità gli bruciava: non era ancora riuscito a liberarsi dal veleno del rancore. Quando pensava a Laura veniva travolto da un risentimento incontrollabile, e purtroppo gli capitava di pensare a lei più volte nei momenti più imprevedibili. Si era innamorato di una donna che non esisteva e mai più avrebbe potuto provare un sentimento tanto profondo.

Quell'amore gli mancava. Non riusciva a liberarsi dal ricordo della donna che Laura aveva finto di essere: ineguagliabile proprio perché inventata. Era come essere prigioniero di un fantasma.

Amalia era la sola persona ad aver capito i conflitti di Luca e a scorgere nell'aggressività e nel rancore i segni di una ferita che gli faceva ancora male. Laura Gellini doveva sparire.

Amalia non si perdonava di essere caduta due volte nello stesso errore: diffamarla professionalmente perché tutte le porte si chiudessero. Aveva sottovalutato il potere di quella donna: Denise sembrava soggiogata da lei e persino Tilly, che era entrata con lei nella stanza del marito morente e l'aveva sorretta in quei momenti di umiliazione e di strazio, si era inaspettatamente opposta all'allontanamento della Gellini.

Quel potere le faceva paura. Quella donna era come una mina vagante nel futuro di Gloria. Doveva minacciarla. Spaventarla. Ma come? L'idea le venne mentre esaminava con l'aiuto di un amico commercialista gli estratti conto delle banche per fare un bilancio della liquidità lasciata da Romano.

Sapeva che il marito aveva regalato una lussuosa casa all'amante provvedendo ad arredarla senza risparmio di mezzi. Sapeva anche quale somma enorme avesse speso. Ma vedere, nero su bianco, la documentazione dei prelievi le causò un rigurgito di umiliazione e di amarezza.

Pur trattandosi di grosse cifre, rappresentavano piccola cosa rispetto a quanto lei e Gloria avevano ereditato. Ciò che non sopportava era che suo marito si fosse lasciato raggirare dalla Gellini, che avesse trascorso in quella casa le ultime ore di vita.

Purtroppo, legalmente, aveva le mani legate. Non poteva contestare dei prelievi che Romano era stato in diritto di fare né dimostrare che la casa intestata all'amante era stata pagata da lui.

Ma nessuno poteva vietarle di farle scrivere da un avvocato. Quello che importava era spaventarla per poi metterla con le spalle al muro: se non voleva perdere ciò che aveva estorto, doveva andarsene da Casa Life e da Roma.

Presa questa decisione, si guardò bene dal parlarne con Gloria e con Luca. Soprattutto lui, doveva ignorare una iniziativa che avrebbe potuto giudicare sfavorevolmente o, peggio ancora, suscitare un soprassalto di compassione nei confronti di Laura Gellini.

Ma le strategie di Amalia ancora una volta subirono l'attentato delle sue reazioni emotivamente incontrollabili.

Dopo molti e vani tentativi di dissuasione, l'avvocato aveva spedito a Laura Gellini la lettera con la quale le legittime eredi di Romano Forti chiedevano la restituzione della casa con tutti gli arredi in essa contenuti.

Una settimana dopo, l'avvocato convocò Amalia nel suo studio: come aveva previsto questa richiesta era caduta nel vuoto. Un illustre collega lo informava che la casa apparteneva alla dottoressa Laura Gellini. Se le eredi di Romano Forti ritenevano di poter avanzare delle pretese, la sua cliente ne avrebbe dimostrato l'infondatezza in tribunale.

A indignare Amalia non fu tanto l'impudenza di quella risposta, quanto la scoperta che a difendere i suoi interessi era l'avvocato della famiglia Nardi. Era inconcepibile, indecente, che Tilly si fosse schierata dalla parte di quella sgualdrina, facendola addirittura difendere dal suo legale.

Tilly aveva temuto che Laura, dopo aver dissennatamente rinunciato alla sua parte di eredità, con un colpo di testa e d'orgoglio si privasse anche della casa. E invece si era dovuta ricredere.

Laura stessa le aveva chiesto se poteva indicarle un avvocato spiegandole che non intendeva assolutamente cedere alla richiesta di Amalia. «Mio padre ha voluto regalarmela a tutti i costi, e mi sembrerebbe di violare la sua memoria se me ne privassi. Il nostro rapporto è nato qui, e qui mi ha lasciato i ricordi più belli.»

L'iniziativa di Amalia l'aveva rattristata, ma la sua reazione era stata quieta e ferma.

Ben diversa fu quella di Amalia. Dopo essersi accertata che Tilly si trovava alla Life, uscita dallo studio dell'avvocato salì su un taxi e andò direttamente in clinica. Era furibonda, incapace di trattenere l'indignazione. *Doveva* dire a Tilly quello che pensava di lei.

Non tornava in quella clinica dalla notte in cui era morto Romano e, come vi entrò, fu assalita da un'ondata di ricordi amarissimi che accrebbero, se possibile, il suo risentimento per Tilly. In portineria le dissero che la signora Nardi si trovava nello studio del dottor Biagi.

Dopo qualche istante di esitazione, si infilò nell'ascensore. Che Luca sentisse! Era stanca di controllarsi e di subire!

Aprì la porta senza nemmeno bussare. «Non ti vergogni?» gridò dirigendosi verso Tilly. «Credevo che fossi una donna perbene, e invece ti sei messa contro di me per difendere quella... quella...» La voce le si strozzò.

Luca si alzò e la prese per un braccio. «Si calmi, Amalia.»

La guidò verso una poltrona, ma lei rifiutò di sedersi. «Venderò le azioni di questa maledetta clinica, perché non voglio più vedere persone come Tilly!» Si rivolse a Luca, con voce di pianto. «Volevo che la Gellini mi restituisse la casa di Romano... Mi sembrava un gesto dovuto, un atto di decenza... Ma la signora mi ha fatto rispondere dall'avvocato di Tilly che la casa è legalmente sua e non c'è tribunale che gliela possa togliere!»

Tilly, che era stata zitta fino a quel momento cercando di non perdere il controllo, non resistette più. «Le cose non stanno come vuoi far credere, Amalia. Gli *atti di decenza* non si sollecitano con una lettera sgradevole come quella che hai fatto scrivere dal tuo avvocato. Laura si è limitata a difendersi.»

Luca le rivolse un sorriso sarcastico. «È più corretto dire che ha difeso i suoi interessi. E se è vero che l'hai aiutata, sono sbalordito quanto Amalia.»

«Non può negarlo!» Amalia proruppe. Il sollievo per la solidarietà di Luca le provocò uno scoppio di pianto.

Luca le circondò le spalle. «Basta, Amalia. Venga con me.»

Tornò, da solo, dieci minuti dopo. Il suo viso era inespressivo, come se fosse svuotato da ogni sentimento o emozione. Ed era così.

«Tilly, devi convincere la Gellini a lasciare Casa Life» disse con voce ferma.

«Te l'ha chiesto Amalia? È la sua ultima pretesa? Che cosa altro vuole dalla *Gellini*?»

Luca la guardò con sincero stupore. «Questo astio per Amalia è incomprensibile. E non mi capacito che tu stia dalla parte di una donna che passerebbe sul cadavere della persona più cara per fare soldi e carriera. Ha usato Romano Forti, incurante di devastare la sua famiglia, e adesso sta usando e plagiando te e Denise. Da quando è arrivata qui non ha portato che tensioni e disastri. Quando ti deciderai ad aprire gli occhi?»

Taci, non rispondere, controllati.

«Non riesco neppure a pronunciare il suo nome» Luca incalzò. «È una di quelle persone che andrebbero cancellate, spazzate via come pattume.»

Tilly non ce la fece più. «Smettila! Laura è la figlia di Romano Forti!»

Oddio, che ho fatto? *Non aggiungere altro, supplicalo di tacere.*

«Di che cosa stai farneticando?» Il tono di Luca, sprezzante come l'espressione del suo viso, travolse quel soprassalto di pentimento.

«È la verità» Tilly replicò gelida. «Laura è l'unica vera figlia di Romano, ma lui non la riconobbe per salvaguardare la serenità di Amalia. E ne ha pagato il prezzo per tutta la vita. La cinica ragazza che *passerebbe sul cadavere della persona più cara per fare soldi e carriera* ha rinunciato a un terzo dell'eredità perché Amalia potesse rispettare la memoria del marito. Prima di morire Romano aveva lasciato a un amico avvocato una lettera per la moglie: voleva che sapesse la verità e che Laura ereditasse un terzo del suo patrimonio. Ma Laura gli ha proibito di consegnargliela. Questa lettera è nella mia cassaforte. Vuoi le prove che quanto ti sto dicendo è vero? Puoi leggerla. La sola cosa che ha avuto da suo padre è l'amore... E la casa che lui le ha regalato: quella dove si incontravano, dove lui è corso quando si è sentito male...»

Romano Forti non è il mio amante. Devi credermi perché te lo dico io. Se trovassi un uomo nel mio letto e ti dicessi che poco prima era un ranocchio, dovresti credermi perché l'amore è fiducia totale.

Luca sentì il cuore spostarsi da una parte all'altra del petto. Non era mai stato tanto male, neppure quando aveva perduto sua figlia. Quel dolore gli era stato inflitto e l'aveva dovuto subire come una violenza. Il pensiero della violenza che *lui* aveva inflitto a Laura gli era insopportabile.

Tilly non provò alcuna compassione per il suo viso disperato. «Ti proibisco di dire alla *Gellini*, o a chiunque altro, quello che hai saputo» gli intimò.

XVIII

Laura non aveva mai creduto nella fatalità o nel caso: tutto ciò che accadeva, anche le cose più imprevedibili, era provocato da decisioni, errori e comportamenti di cui ciascuna persona doveva sentirsi responsabile.

Ma nelle settimane che seguirono all'ultima provocazione di Amalia fu costretta a ricredersi. Ogni volta che riandava con la memoria a quel periodo scorgeva, sempre più chiara, una concomitanza di piccoli e grandi eventi che *casualmente*, e senza che lei avesse fatto nulla per provocarli, avevano dato una brusca svolta alla sua vita.

Il primo fu l'improvviso ritorno di Beppe Anselmi alla Life. Il ragazzo sembrava ormai avviato al totale recupero della gamba tranciata. Il miracolo era avvenuto: le ossa si erano saldate, la muscolatura stava riacquistando tono, la circolazione sanguigna era perfetta.

Ma una mattina, nello svegliarsi, Beppe avvertì un fastidioso formicolio alla coscia. Come tolse il pigiama, si accorse che sopra la cicatrice si era formata una piccola chiazza simile a un livido.

Suo padre telefonò a Milano, al professore che aveva

eseguito l'intervento, e il professore gli disse di portare subito il ragazzo alla Life: nel frattempo, si sarebbe messo in contatto con il dottor Biagi e la dottoressa Gellini e, se necessario, avrebbe concordato con loro un ricovero a Milano nel suo reparto.

Luca, dopo aver ricevuto la telefonata del professor Germi, informò Olivares che Beppe e il padre stavano arrivando alla Life. In tono volutamente impersonale aggiunse che Fabio Anselmi aveva una enorme fiducia nella dottoressa Gellini e pertanto gli sembrava opportuno chiamarla. Poteva farlo lui?

Con suo grande sollievo, Olivares acconsentì. Più avanti, Luca avrebbe raccontato a Laura, non senza vergogna, di aver quasi gioito per il ricovero di Beppe: da giorni si arrovellava per cercare un pretesto per avvicinarla e farle capire che ogni animosità nei suoi confronti era sparita. Ma come, se non poteva dirle che sapeva tutto né chiederle perdono per il male che aveva fatto a lei e a se stesso?

Il ricovero di Beppe gli consentiva almeno di rompere il ghiaccio. E il sollievo dilagò in ogni fibra del suo corpo quando Olivares gli disse che Laura stava per arrivare da Casa Life.

Laura giunse nel reparto di Luca contemporaneamente a Beppe. Se era sorpresa che l'avessero chiamata, non lo diede a vedere. Lasciò che Luca visitasse il ragazzo tenendosi in disparte: ma osservando l'arto di Beppe con una espressione attenta.

«Che cosa ne dici, Laura?» Luca si accorse di averla spiazzata con il suo approccio inaspettatamente cordiale.

Ma l'esitazione di lei durò pochi istanti. «Mi sembra che si sia verificato un piccolo ristagno circolatorio.» Indicò la chiazza. «E quello sembrerebbe un inizio di necrosi.» Si rivolse subito a Beppe. «Non è niente di grave, tranquillizzati. Basterà rimuovere la microscopica parte di tessuto che non è stata irrorata.»

«È così» Luca confermò a Beppe. «Non devi assolutamente preoccuparti.»

«E se mi andasse in necrosi tutta la gamba?» Nonostante le rassicurazioni, il ragazzo era terrorizzato.

«E se questo soffitto cadesse e ci crollasse in testa?» lo prese in giro Laura.

L'ecodoppler confermò la diagnosi segnalando una interruzione del flusso sanguigno. Olivares si rimise in contatto con Germi: e non si inalberò affatto quando il professore gli disse che preferiva operare personalmente Beppe e tenerlo poi sotto controllo nel suo reparto.

Ancora una volta Fabio Anselmi organizzò il trasferimento a Milano, e suo figlio lasciò la Life quella sera stessa.

«Sono più tranquilla anch'io» confessò più tardi Laura. Sia lei sia Luca sapevano che quell'inizio di necrosi era comunque un campanello d'allarme.

Amalia vendette a Giovanna Medici le quote azionarie della Life ereditate dal marito. E quello fu il secondo evento che si ripercosse nella vita di Laura perché le consentì di essere reintegrata nell'organico della clinica. Fu Denise, d'accordo con Luca e Tilly, a fare questa proposta a Olivares, e lui la accolse immediatamente.

Il terzo evento fu l'assunzione di Sergio Lisi, un giovane medico idealista e combattivo che fino a tre mesi prima aveva lavorato in Kenia in un ospedale missionario. Una febbre virale l'aveva costretto a tornare a Roma.

Sergio, figlio di madre inglese e padre italiano, si era

specializzato in oncologia nello stesso ospedale di Laura, il Richmond's. Benché avessero avuto poche occasioni di incontro, si era creato tra loro un rapporto di simpatia e di affiatamento molto vicino a una vera amicizia.

Laura fu felice del suo arrivo. Alla Life avvertiva un'atmosfera strana. Tutti erano convinti che fosse stata l'amante di Romano Forti e, dopo il suo ritorno al vecchio posto, erano ricominciati pettegolezzi e chiacchiere. I colleghi la trattavano con gentile distacco e, quando passava nei corridoi, Laura si sentiva addosso le occhiate incuriosite delle infermiere e delle inservienti.

Quanto a Gloria si limitava a ignorarla: la figlia di Romano aveva chiesto e ottenuto di non entrare mai in sala operatoria con lei, e non le capitava nemmeno di incrociarla per caso. Sì, l'arrivo di un amico le allargava proprio il cuore.

Olivares ignorava che si fossero conosciuti a Londra, e fu molto sorpreso quando, nel presentare Lisi a Laura, li vide stringersi in un abbraccio festoso.

Fu orecchiando le chiacchiere tra la sua caposala e due infermiere che Luca seppe di questo abbraccio. E nei giorni che seguirono sentì la ferrista raccontare a Gloria che aveva visto uscire insieme dalla Life la Gellini e il nuovo oncologo...

Gloria, molto interessata, chiese altri particolari e la ferrista non si fece pregare: lavorando di fantasia oppure riferendo pettegolezzi di seconda mano, soggiunse che i due erano stati invitati a cena da Tilly e che lui aveva trascorso l'ultimo fine settimana a casa di lei...

Luca rimproverò aspramente Gloria: la sua curiosità era morbosa, quelle chiacchiere da corridoio degradanti!

Se lei si fosse difesa insinuando che fosse geloso di Laura, l'avrebbe strozzata. Invece gli diede ragione, e questo trasformò la potenziale ira in profonda amarezza.

Amava con tutto se stesso una donna che aveva colpevolmente perduto, ma si era spinto troppo oltre con Gloria per poter recuperare quel rapporto. Era straziato per il dramma che Laura aveva vissuto con la morte del padre, ma anche Gloria e sua madre soffrivano, e si erano aggrappate a lui come due anime perse.

L'arrivo di Sergio Lisi spense ogni possibilità di cedimento, ogni soprassalto di ribellione. Se davvero Laura si stava legando a lui, non aveva alcun diritto di ricomparire nella sua vita.

Beppe Anselmi, operato a Milano dal professor Germi, fu dimesso dieci giorni dopo e suo padre andò alla Life per mostrare a Laura e a Luca la cartella clinica e invitarli nella sua casa di Santa Marinella. All'indomani era il compleanno di Beppe, e a sua insaputa la famiglia e gli amici avevano organizzato una festa per lui: volevano partecipare?

Luca e Laura, istintivamente, si lanciarono un'occhiata e si accorsero di provare l'identico imbarazzo.

Fu lei la prima a reagire. «Per quanto mi riguarda, accetto l'invito molto volentieri» disse.

«Lo stesso vale per me» disse a sua volta Luca.

Dopo che Fabio Anselmi se ne fu andato rimasero per qualche istante in silenzio.

«Ci vediamo domani» Laura lo salutò.

«Se credi, posso venire a prenderti con la mia macchina» Luca si offrì. Era una proposta scontata, quasi doverosa, e proprio per questo Laura non poté rifiutarla.

Partirono all'indomani alle dieci. Luca si sentiva in colpa non solamente per aver dovuto giustificare a Gloria, con una bugia, quella domenica fuori Roma, ma anche per l'eccitazione con cui aveva atteso di incontrarsi con Laura.

Laura, a sua volta, si era pentita di aver accettato l'invito e, soprattutto, il passaggio in macchina. Fecero il viaggio alternando a lunghi silenzi qualche discorso generico e circospetto che si estingueva rapidamente.

Ma con l'arrivo a Santa Marinella la loro tensione si sciolse. Trascorsero una giornata davvero festosa, con un interminabile pranzo nel giardino della villa. Vi furono brindisi, risate, scherzi, vecchie canzoni cantate in coro.

Fabio, osservando il figlio, disse a Laura con voce piena di gratitudine: «Beppe le deve questa felicità e il suo stesso futuro. Se non fosse stato per la sua cocciutaggine e il suo coraggio, nessuno avrebbe osato operarlo. Non si offende, dottor Biagi, se dico queste cose alla sua amica?».

«Sono d'accordo con lei» Luca rispose con tono sincero.

E lo ripeté più tardi a Laura, mentre erano sulla via del ritorno. «Sono contento di aver accettato l'invito di Anselmi perché posso finalmente parlarti e chiederti scusa.»

«A *me*? La cinica e avida...»

«Laura, smettila.» Fermò la macchina in una piazzola e si girò verso di lei. «Tilly mi ha detto tutto. So che Romano Forti era tuo padre e...»

«A quante altre persone lo ha detto?» Laura lo interruppe con amarezza.

«Soltanto a me. So che non mi perdonerai mai per non averti creduto.»

«È una storia finita, Luca.»

«Lo so. E non potrebbe ricominciare, perché non sono l'uomo che vuoi. Non potrei mai credere che il bel principe era un ranocchio... La mia capacità di fiducia è morta otto anni fa. Sono intossicato di veleno perché da quando ho perduto mia figlia mi aspetto sempre il peggio, come una punizione che merito.»

«Mi dispiace, Luca.»

«Credo di avere distrutto la nostra storia perché ti amavo troppo e questo mi faceva sentire in colpa. Non ti ho dato nessuna possibilità di spiegare, non mi sono concesso nemmeno un momento di dubbio... Ti ho condannato subito per negarmi la felicità che mi davi e di cui mi sentivo immeritevole. Sono un piccolo uomo fallito e tortuoso.»

«Sposerai Gloria per continuare a punirti?»

«Non sono così cinico.»

«Lei ti ama.»

«E io le voglio bene. Con lei non sarò mai tormentato, impaurito, sospettoso.»

«Niente voli alti e niente cadute» Laura disse con una nota polemica.

«Tu mi hai fatto dannare!»

«Anche tu.»

La prese per le spalle. «Laura, che cosa ci siamo fatti?» I suoi occhi si erano improvvisamente riempiti di lacrime.

«È una storia finita... Riportami a casa, per piacere.»

La segreteria telefonica lampeggiava. Laura fu tentata di passare oltre, ma ricordò che quel giorno aveva lasciato spento il cellulare: poteva essere una chiamata dalla Life, la segnalazione di un'urgenza...

Laura, sono Mary. Ho bisogno di sentirti. Per piacere, richiamami subito. Era la sua amica di Londra.

Laura l'aveva chiamata l'ultima volta prima della morte di suo padre, e si rammaricò per il lungo silenzio.

Il secondo messaggio era pure di Mary. *Sono ancora io... Fra tre giorni sarò a Roma con Rose e devo assolutamente parlarti.*

La voce angosciata dell'amica la allarmò, e formò subito il suo numero. Le rispose al terzo squillo.

«Laura, meno male che hai sentito i miei messaggi! Il padre di Rose è uscito dal carcere e devo lasciare Londra prima che ci trovi. Puoi ospitarci per qualche giorno a casa tua?»

«Per tutto il tempo che vuoi!» Laura esclamò. «Dimmi quando arrivate, e verrò a prendervi all'aeroporto.»

«Ho fatto due biglietti per Sidney, dove vive mia sorella. È il primo posto dove Peter ci cercherà... Non deve assolutamente sapere che siamo a Roma, e per questo ho deciso di partire con la macchina. Faremo una sosta prima di attraversare la Manica e un'altra sosta in Francia.»

«Mio Dio, Mary... Ma quell'uomo non era stato condannato a vent'anni?»

«Ha ottenuto la revisione del processo e la libertà su cauzione. Lo assolveranno di sicuro, con le amicizie e i mezzi che ha.»

«Mary, puoi contare su di me. Per tutto. La mia casa è grande, e non devi preoccuparti di cercarne un'altra.»

«Ne parleremo al mio arrivo.»

«Ti prego, durante il viaggio chiamami...»

«Lo farò. Ti voglio bene, Laura.»

«Anche io.»

Laura riattaccò col cuore stretto dall'angoscia e il suo sguardo andò istintivamente alla fotografia di Rose. Si avvicinò e la prese tra le mani.

Nessuno avrebbe potuto immaginare che quella creatura dal volto radioso e il sorriso solare fosse figlia di un criminale... Figlia di una violenza carnale subita da Mary...

Stava ripensando alla terribile storia dell'amica quando fu riscossa dal suono del videocitofono.

Era Luca. «Per piacere, aprimi. Non posso lasciarti così.» La sua voce supplice la spinse a premere il pulsante: in quel momento, un rifiuto le sembrava un'altra forma di violenza.

Luca aveva gli occhi rossi. «Volevo soltanto vederti... Non ripetermi che la nostra storia è finita. Lo so.»

Lo fece passare in soggiorno e provò una fitta al cuore quando lo vide sedersi nella poltrona di suo padre. Depose sul tavolino la fotografia della figlia di Mary che teneva ancora in mano, e si sedette di fronte a lui guardandolo in silenzio.

Si erano detti tutto, e qualunque altra cosa avessero aggiunto sarebbe stato inutile. Le parole non potevano cancellare quello che li aveva divisi né cambiare il corso degli eventi.

Luca osservò la fotografia che lei aveva appena posato sul tavolino e che lui aveva già visto nell'altra casa.

«Rose ha la sua età» disse cupo.

«Rose?» Lo guardò senza capire.

«Mia figlia. Quella che non ho potuto né riconoscere né crescere. Mary, sua madre, volle chiamarla come la mia... Una beffa crudele» disse con una smorfia.

Rose. Mary. È soltanto una coincidenza, sono due nomi molto comuni, che cosa vado a pensare? La bambina di Mary è figlia di Peter Jones. Quel pensiero dissolse subito l'oscura inquietudine di Laura.

«Smettila di farti male» disse curvandosi verso Luca.

«Una volta mi hai detto che avrei dovuto ribellarmi, lottare. Poco fa, mentre tornavo a casa, ho capito che avevi ragione. Non ripeterò due volte lo stesso errore, non perderò anche te come Rose, senza lottare.»

L'ho chiamata Rose come la madre di un uomo che ho molto amato. La voce di Mary affiorò dal passato e si sovrappose a una lontana confessione di Luca. *Era una dottoressa carrierista e senza scrupoli.*

«La madre di tua figlia si chiamava... Mary Welles?» Laura chiese. E trattenne il fiato.

«Sì. La grande dottoressa Welles. Per caso, hai avuto anche tu la sfortuna di conoscerla?»

«No.» Conoscere Mary era stata una delle poche fortune della sua vita. Mary le aveva dato un lavoro, una casa, l'affetto di una sorella maggiore. Era come Denise, come Tilly: una persona generosa e leale.

«Sono stanca» mormorò. Lo era davvero.

Luca si alzò. «Me ne vado. Volevo dirti soltanto che lotterò per noi due. Non possiamo perderci.»

Era troppo stanca per rispondergli che si erano già perduti. E l'arrivo di Mary fu l'ultimo degli eventi voluti dal caso per dividerli.

XIX

Laura sostituì un collega nella guardia notturna per poter avere una giornata libera: voleva che Mary, e soprattutto la bambina, trovassero al loro arrivo un ambiente accogliente in cui sentirsi come a casa propria.

Rinunciò all'idea di cedere la sua stanza da letto: questo avrebbe imbarazzato l'amica dandole l'impressione di essere un'ospite di passaggio. Era proprio quello che Laura non voleva.

Trascorse metà della giornata in giro per negozi e grandi magazzini e l'altra metà a trasformare lo studio e la camera degli ospiti, divisi da un bagno, in una zona della casa dove Rose e Mary potessero giocare, rilassarsi, dormire.

Appese alle pareti dei poster colorati, riempì due scaffali di pennarelli, album e giocattoli, mise ai piedi del letto una piccola collezione di pantofole colorate, riempì il cassettone di biancheria, creò un angolo di lavoro per Mary.

Arrivarono dopo due giorni e mezzo di viaggio, stanchissime. In un soprassalto di prudenza, Mary aveva preferito trascorrere le soste notturne in macchina... Più tardi, quando la piccola andò a dormire, Mary raccontò a Laura i particolari più angosciosi del suo rapporto con Peter Jones...

Lo aveva conosciuto al Richmond's, dove era stato ricoverato per una frattura al femore. Era un bell'uomo sulla cinquantina, dai modi signorili e garbati. Sulle prime, lei lo aveva scambiato per un manager o banchiere.

Era stato il primario ad aprirle gli occhi: Jones, benché incensurato, godeva di pessima fama. La sua ricchezza proveniva da traffico di armi e di droga, e riciclo di denaro sporco, la sua impunità da coperture e "favori" resi a personaggi insospettabili.

Appreso questo, Mary aveva messo fine al rapporto amichevole che aveva allacciato con lui, entrando nella sua stanza soltanto per i necessari controlli.

Sei mesi dopo si era recata in Scozia per un convegno medico e se lo era ritrovato di fronte: con sua grande sorpresa, Peter Jones figurava tra gli organizzatori.

«Lo trattai con freddezza e decisi di partire il giorno dopo» ricordò Mary. «E questo mi fu fatale. Non ero giovane, non ero bella, ma nessuna donna lo aveva mai respinto e Jones volle darmi una lezione. Durante la notte entrò nella mia stanza e mi violentò. Un mese e mezzo dopo ebbi la certezza di essere incinta... Ma non quella che il padre fosse Jones...»

La voce di Mary si fece triste. «Vedi, all'epoca avevo una relazione con un uomo che amavo. Molto... E la creatura che aspettavo poteva essere sua. Raccontai il mio dramma a un collega del Richmond's, un ginecologo che era mio amico. Fu lui a convincermi a non abortire. Esistevano, statisticamente, scarse possibilità che il concepimento fosse avvenuto nel solo rapporto che avevo avuto con quel criminale... E così decisi di portare avanti la gravidanza, cancellando l'orribile ricordo di Jones e convincendomi che il padre fosse l'uomo che amavo... L'uomo che aspettava con trepidazione la nascita di un figlio... E fu felice quando seppe che sarebbe stata una bambina...»

Ma dopo il parto Mary ebbe un soprassalto di onestà e di scrupolo. Con un pretesto convinse il suo uomo a sottoporsi a un prelievo del sangue e chiese al ginecologo amico di fare alla neonata un test di paternità.

«Risultò che non era sua figlia... E questo significava che il padre era Peter Jones» Mary disse tetramente.

Laura aspettò che proseguisse. Adesso tutto le era chiaro: era lei la "devastante e cinica" dottoressa di cui Luca parlava con odio. Ed era Luca l'uomo che la sua amica aveva amato...

Ma Mary proseguì il racconto senza fare il suo nome e tralasciando il doloroso momento in cui prese la decisione di non fargli riconoscere Rose.

«Non ho mai capito perché il ginecologo con cui mi ero confidata e che si era sempre dimostrato mio amico raccontò tutto a Peter Jones... Era ricattato da lui? Aveva bisogno di un favore? Sta di fatto che quando Rose aveva due mesi Jones si presentò a casa mia dicendo che intendeva riconoscere e crescere la sua prima e unica figlia, "sangue del suo sangue". Quell'uomo cinico e brutale, disgraziatamente sembrava capace di un solo sentimento, l'amore paterno... Mi spiegò di essere nato in una famiglia numerosa dove i figli erano sacri.»

Mary finse di comprenderlo e gli promise che gli avrebbe fatto riconoscere la bambina. Ma non appena Jones se ne andò, si preparò ad abbandonare precipitosamente Londra. Due giorni dopo Peter Jones fu arrestato. La lunga e difficile indagine sui suoi traffici e le sue coperture si era conclusa: scoppiò uno scandalo e Peter finì in galera.

«La mia pace è durata soltanto sette anni» concluse Mary. «Adesso che è di nuovo libero, vivo con l'incubo che possa ritrovarmi. La mia sola speranza è di averlo depistato dandogli la certezza che mi sono nascosta in Australia. Ho lasciato in ospedale e a casa un'infinità di "prove" in questo senso. La sola persona che sa dove sono è Hasselt: di lui mi fido ciecamente... E grazie al suo aiuto ho trovato un posto di lavoro all'ospedale San Cristoforo... Potrò trasferirmi definitivamente a Roma...»

A quel punto Laura non poté più tacere. Con circospezione, con fatica le fece la sola domanda a cui non aveva trovato risposta. «Mary, perché non hai raccontato tutta la verità all'uomo che amavi?»

«Perché non volevo coinvolgerlo in una storia tanto orribile. Sicuramente avrebbe affrontato Peter Jones per poi correre a denunciarlo per violenza e minacce... All'epoca credevo che quel criminale fosse intoccabile, ed ero terrorizzata alla sola idea di come avrebbe reagito a un simile affronto.»

Laura guardò l'amica negli occhi. «L'uomo che amavi è Luca Biagi?»

Mary sobbalzò. «Sì... Come fai a saperlo?»

«Lo conosco. Vive a Roma e lavora alla Life con me.»

«Laura, devi giurarmi che non gli dirai che sono in Italia! Anche Peter Jones sa il suo nome... Potrebbe risalire a lui per cercarmi, costringerlo a...»

Laura la interruppe. «Mary, lavorando e vivendo nella città di Luca, prima o poi fatalmente lo incontrerai.»

«Ma non adesso! Laura, se mi sei amica devi fare quello che ti chiedo.»

«Alla Life lavora anche Sergio Lisi: te lo ricordi?»

«Nemmeno lui deve sapere che sono qui.»

Suo malgrado, Luca avvertiva una istintiva simpatia per Sergio Lisi. Era una persona che emanava energia positiva: sempre attivo, sempre sorridente, sempre disponibile.

Una mattina si trovarono insieme in sala per operare una donna affetta da osteosarcoma. Al termine dell'intervento Sergio propose di andare a fare due chiacchiere nel suo studio e Luca, abilmente, portò il discorso su Laura.

«Avete avuto una storia, quando eravate a Londra?» gli chiese a un tratto con tono noncurante.

Sergio sorrise. «Mi ero innamorato di lei, ma Laura era piena di casini... I rapporti col padre, lo studio, i salti mortali per guadagnare due lire.»

«Ti aveva detto chi era suo padre?» Luca chiese con incredulità e una fitta di risentimento.

Sergio la captò al volo. «Eravamo a Londra, e agli occhi di Laura io non costituivo un pericolo per la rispettabilità di Romano Forti.»

«Ho creduto a lungo che fosse il suo amante» Luca confessò con amarezza.

«Alla Life lo credono ancora in molti!»

«Laura ti ha parlato del nostro rapporto?»

«Siamo amici... Sì, me ne ha parlato. Nessuna coppia avrebbe retto ai problemi che avete avuto voi.»

«Io sono sempre innamorato di lei.»

«E Gloria?»

Luca sospirò. «È uno dei problemi che devo affrontare.»

Laura prese le ferie alla metà di settembre, quando Rose cominciò a frequentare la scuola inglese a cui era stata iscritta e Mary venne stabilmente assunta dal San Cristoforo.

Grazie all'aiuto di una zia di Sergio, Laura era riuscita finalmente a trovare una efficiente vedova cinquantenne a cui delegare la gestione della casa. Con il suo arrivo finirono sia l'andirivieni di domestiche a ore sia le corse per alternarsi nella cura di Rose.

Gina arrivava alle sette del mattino, quando Mary e Laura uscivano, e se ne andava alla sera, quando rientravano. La casa risplendeva e la bambina era serena. Laura prese le ferie in quel periodo proprio per stare vicina alla piccola nei giorni dell'inserimento nella nuova scuola. Si trovava in una città nuova e tra compagni che non conosceva: l'impatto avrebbe potuto essere difficile.

Fortunatamente non fu così. Rose era una bambina estroversa e curiosa, con una natura socievole, e sin dai primi giorni legò con i nuovi compagni e i nuovi insegnanti. Quando Laura andava a prenderla, la piccola le andava incontro con un sorriso felice, gettandole le braccia al collo.

Fu la scena a cui Luca assistette sul finire di settembre. Approfittando della sua giornata libera, aveva deciso impulsivamente di fare una visita a Laura. Gli mancava. Voleva vederla, invitarla a pranzo...

Ma non era in casa. Gli rispose una donna, che si qualificò come la domestica: la dottoressa Laura era andata a prendere la bambina a scuola.

Quale bambina? Si limitò a chiedere quale fosse la scuola: e la domestica gli spiegò che doveva uscire dalla piazza e imboccare lo stradone a sinistra. Duecento metri dopo, all'angolo, c'era una palazzina dipinta di giallo: la scuola era quella.

Luca vi arrivò in pochi minuti e vide Laura davanti alla cancellata. Quale bambina stava aspettando? Se lo chiese per la seconda volta, vincendo l'impulso di parcheggiare e di raggiungerla.

Dopo qualche istante di attesa vide una bambina dal volto ridente e un casco di riccioli scuri correre verso di lei e gettarle le braccia al collo.

All'improvviso ricordò quei riccioli e quel sorriso: era la bambina di cui aveva visto la fotografia, la figlia della grande amica di Laura... Ma non vivevano a Londra?

Con un sontuoso colpo di coda, il caso irruppe nuovamente nell'esistenza di Laura.

Alla metà di ottobre Amalia incontrò dal parrucchiere la moglie di Dino Argenzi e, quando uscirono, andarono a bere un caffè insieme. Non si incontravano dal giorno dei funerali di Romano, e Amalia si rammaricò che i rapporti tra i loro mariti si fossero rarefatti sino a diventare inesistenti...

Dino Argenzi non si era mai dato pace per aver ceduto alla richiesta di Tilly: come avvocato e come amico si sentiva in colpa perché aveva tradito la fiducia di Romano sottraendosi all'incarico di eseguire le sue ultime volontà.

In un momento di crisi, si era confidato con la moglie Lorenza. Ma invece di esserne rassicurato, si sentì investito dal suo sbalordimento e dalla sua indignazione: come aveva potuto fare una cosa simile? Non si rendeva conto che avrebbe potuto essere radiato dall'albo degli avvocati?

Lorenza vide nell'incontro con Amalia un segnale di avvertimento e di allarme: quella era la sola opportunità di dirle tutto e non poteva lasciarsela sfuggire, pena il continuare a vivere con una spada di Damocle sulla testa...

E così, con grande circospezione, le parlò della lettera di Romano. Qualcuno aveva fatto pressioni perché non le fosse consegnata... Pressioni a *fin di bene*. Ma forse era opportuno che lei, Amalia, si recasse nello studio del marito per avere delle spiegazioni...

Amalia ebbe una reazione indignata: come si era permesso, Dino, di nasconderle una lettera del marito? Lo avrebbe denunciato! Non esistevano *pressioni* che potessero giustificare una azione di simile gravità!

Al mattino dopo, accompagnata dalla figlia Gloria, Amalia fece irruzione nello studio di Dino Argenzi e con sua grande sorpresa fu Tilly ad andare loro incontro. «Che cosa fai qui?» le chiese gelida.

Tilly aveva l'aria affranta. «Amalia, prima che tu vada da Dino voglio parlarti. Devi essere preparata a sapere qualcosa che ti turberà profondamente e che...»

«Levati dai piedi. Dov'è l'avvocato?»

Fece per allontanarsi, ma Tilly la prese per un braccio. «Laura non era l'amante di tuo marito, era sua figlia. È questo che Romano ti nascondeva e ha voluto farti sapere prima di...»

Gloria la interruppe con violenza. «Questa è un'altra macchinazione infame. Mamma, rifiutati di ascoltare e andiamo via subito da qui!»

«È la verità, Amalia» Tilly disse. Era desolata per il momento che la vedova di Romano stava vivendo.

«Mamma, andiamo» Gloria ripeté con forza.

«No. Voglio leggere la lettera di Romano.»

«È sicuramente un falso! Non lasciarti imbrogliare, è un intrigo della Gellini per derubarti!»

«Voglio leggere quella lettera» Amalia ripeté. Afferrò d'istinto il braccio di Tilly. «Portami subito da Dino Argenzi.»

Due pagine fitte. Con sincerità e sofferenza Romano rievocava gli eventi che lo avevano portato alla brevissima relazione con la sua segretaria: una dignitosa persona che si era fatta da parte senza chiedergli nulla quando lui era tornato dalla moglie.

Ti amavo, non avevo mai smesso di amarti e l'arrivo di Gloria salvò anche il nostro matrimonio.

Romano proseguiva con il racconto dei giorni più difficili della sua vita: quello in cui seppe che Anna era rimasta incinta, quello in cui decise di tacerle la verità, quello in cui nacque Laura... *Mi straziò non riconoscerla, ma il prezzo era troppo alto: ci avrebbero portato via Gloria e ti avrei spezzato il cuore.*

Per ventotto anni Romano aveva vissuto col suo segreto lacerato dai sensi di colpa e dai rimorsi, consapevole del male che aveva fatto a se stesso e alle persone che amava.

Ho recuperato il difficile rapporto con Laura dopo la morte di sua madre. È la figlia a cui non ho dato niente: né il mio nome, né il mio tempo, né le mie carezze. Tra le sue tante doti, quella che più apprezzo è il rispetto per gli altri. Ha preferito lasciar credere di essere la mia amante piuttosto che arrecare a te umiliazione e dolore.

Romano concludeva la sua lettera esprimendo il desiderio che Amalia rispettasse il suo testamento: a Laura lasciava un terzo del patrimonio. *Se, come credo, un eccesso di rispetto e di orgoglio la spingerà a rifiutare, io ti supplico di intervenire. Ti ringrazio anche per questo. Sei stata una grande moglie. Ti amo.*

Amalia sollevò dalla lettera gli occhi pieni di lacrime. «Da quanto tempo sapevi che Romano aveva una figlia, Dino?»

«L'ho saputo soltanto quando mi ha lasciato questa lettera per te.»

Gloria ebbe uno scatto. «Ma quale *figlia*? Mamma, non lasciarti imbrogliare!»

«Vuoi tacere?» Amalia si rivolse di nuovo a lui. «Come avvocato hai agito in modo scorretto. Ma lo sbaglio più grave l'hai commesso *umanamente*. Mio marito era una brava persona che si è lacerata e tormentata per quasi trent'anni e io... Io l'ho seppellito con rancore... In questi mesi non sono riuscita neppure ad andare al cimitero per portargli un fiore. Tutti i ricordi felici venivano cancellati dalla rabbia, dal disprezzo. Come hai potuto pensare che *questa* verità mi avrebbe fatto più male del sapermi tradita con una donna giovane e intrigante?» Amalia scoppiò in un pianto dirotto.

Tilly le prese una mano: «Sono colpevole anch'io, e

purtroppo certi sbagli si capiscono troppo tardi... Laura aveva il terrore di ferirti, di farti sapere quello che Romano ti aveva sempre voluto nascondere».

«Non sempre. La verità me l'aveva scritta, chiedendomi perdono e supplicandomi di rispettare i diritti di sua figlia.»

Argenzi scosse la testa. «Laura Gellini non vuole niente. Per questo riteneva inutile che tu sapessi.»

Gloria, con sarcasmo: «Oh, quale superiorità!».

«Vuoi smetterla?» gridò sua madre. «Laura era sua figlia. E anche se la detesto per aver deciso al posto mio, devo parlarle, convincerla ad accettare la sua parte di eredità come Romano mi ha chiesto.»

XX

Amalia aveva un viscerale senso della giustizia, che identificava con la morale. Per lei era *giusto* rispettare i diritti del prossimo, comportarsi onestamente, compiere i propri doveri, mettere gli affetti famigliari al di sopra di tutti i valori.

E altrettanto *giusto* le sembrava difendersi, con ogni mezzo, dalle persone che con i loro comportamenti amorali attentavano ai diritti e alla serenità del prossimo. Nulla di quanto aveva fatto contro Laura Gellini le era parso amorale.

Ma nel momento in cui apprese che era figlia di Romano non ebbe la minima esitazione: aveva il diritto a un terzo dell'eredità ed era suo dovere costringerla a rispettare la volontà paterna.

Non dubitava che fosse la dignitosa e brava persona descritta da Romano: ma il riabilitarla non bastava per cancellare l'animosità ormai radicata che provava per lei. Forse, col tempo, vi sarebbe riuscita...

Fu per questo che si mise in contatto con lei soltanto per telefono, dopo aver pregato Tilly di preannunciarle che aveva letto la lettera e sapeva tutta la verità.

Laura le rispose con voce piena di imbarazzo.

«Taglia corto ai "mi dispiace"» la prevenne Amalia. «Romano era tuo padre e tu sei sua erede come me e come Gloria. Questo ha lasciato scritto e questo è giusto che sia.»

«Mio padre mi ha comperato una casa e non voglio altro... La cosa più preziosa che mi ha lasciato è la certezza di essere stata amata da lui.»

Amalia ebbe un rigurgito di amarezza. «Avevo diritto anch'io a questa certezza! Sottraendomi la lettera di Romano tu mi avevi condannato invece a cancellare trent'anni di ricordi felici, a mettere in dubbio tutta la nostra vita insieme! Ti sembra onesto?»

«No... Adesso capisco di no. Ma, deve credermi, io volevo soltanto il suo bene...»

«E chi sei tu, Dio?»

Sorda a ogni resistenza, Amalia incaricò Dino Argenzi di mettersi in contatto con il commercialista e con il direttore della sua banca. Un terzo delle azioni e dei titoli di Romano doveva essere trasferito su un nuovo fondo che Argenzi stesso avrebbe gestito a nome di Laura. Era solo il primo passo: in seguito, si doveva eseguire anche una ripartizione delle proprietà immobiliari. Amalia auspicava che, nel frattempo, Laura fosse diventata più ragionevole.

Gloria aveva dovuto arrendersi alla volontà materna e alla realtà più umiliante: Laura Gellini era veramente la figlia di Romano.

L'unica figlia vera: a trent'anni, per la prima volta, avvertiva l'inquietudine e l'insicurezza del sapersi figlia *adottata*. E si sentiva in una condizione di inferiorità nei confronti di Laura. Continuava a detestarla. E le era venuta a mancare la complicità di sua madre: Amalia rifiutava di parlare di lei. «Anche io la detesto, ma mi sento in colpa perché non ci ha fatto niente di male!» strillava.

Gloria non osava sfidare la collera materna raccontandole che per colpa di Laura rischiava di perdere anche Luca. Adesso anche lui sapeva la verità, e non esistevano più ragioni per trattarla con disistima e freddezza.

Autorizzata da Amalia, quell'intrigante di Tilly aveva approfittato del giorno libero di Laura per convocare tutto il personale della Life e rivelare che la Gellini era figlia naturale di Romano Forti. Le reazioni erano state stomachevoli: tutti pentiti, tutti ammirati per un generoso silenzio. Poco mancava che la facessero santa e martire!

Dopo la chiarificazione pubblica di Tilly, Luca decise di fare una sorpresa a Laura e si presentò a casa sua con un mazzo di fiori e una bottiglia di champagne. Voleva farle sapere che la verità era stata ristabilita e da quel momento alla Life avrebbe ritrovato il calore e il rispetto d'un tempo.

Quando suonò il campanello, Rose stava giocando con Mary. Laura fece per aprire, ma nel vedere che era Luca gli chiese di aspettare un momento. Si rivolse a Mary, con grande imbarazzo. «È Luca Biagi... Che cosa faccio?»

«Mandalo via subito, cerca una scusa per non farlo salire» Mary replicò con voce quasi spaventata.

Laura tornò al videocitofono. «Ti raggiungo subito, aspettami.» Non sapeva quale scusa plausibile accampare per mandarlo via.

Quando aprì il portone, la vista del suo viso sorridente accrebbe, se possibile, il disagio.

«Sono venuto a portarti una buona notizia e volevo brindare con te» Luca disse porgendole un mazzo di fiori e una bottiglia di champagne.

«Mi dispiace...» Laura farfugliò. «Ho delle persone in casa e questo non è il momento migliore per...»

«Allora brinda con i tuoi ospiti» Luca la interruppe, incapace di controllare il proprio risentimento. Le porse bottiglia e fiori e se ne andò subito, augurandole una buona serata.

Mary vide rientrare Laura con i fiori e la bottiglia e si accorse che aveva una espressione stravolta. «Forse è ora che mi parli di Luca. Sei innamorata di lui?» le chiese senza preamboli.

«Sì. Ma è un rapporto finito da tempo. Adesso più che mai capisco che per noi non può esistere un futuro» ammise con franchezza.

«Se ti fai degli scrupoli per me, sbagli... La mia storia con lui è lontana, finita.»

Laura si ribellò. «L'hai amato tanto. Come può essere finita?»

«Il tempo, i problemi, la lontananza. È difficile spiegarlo. Ma forse, inconsciamente, fin dall'inizio sapevo che la nostra relazione non avrebbe potuto durare. Luca vedeva in me la donna più grande e più forte, già affermata. Senza rendersene conto si appoggiava a me. Io lo amavo, è vero, e se fosse stato il padre di Rose sicuramente l'avrei sposato. Ma adesso so che sarebbe stato uno sbaglio. Io ho bisogno di un uomo più maturo, più grande a cui appoggiarmi.»

«Invece di nasconderti, dovresti rivelargli che non è il padre di Rose» Laura osservò. «Luca vive nel tormento della figlia che ha perduto ed è certo che tu gli hai inflitto una violenza disumana e assurda. La verità lo aiuterebbe a ritrovare la fiducia nelle donne e a riabilitare te» proseguì. «È da tempo che avrei voluto dirtelo.»

Mary scosse la testa. «Il riabilitarmi lo libererebbe dall'astio, ma non dal passato... I sensi di colpa lo spingerebbero a farsi carico di Rose come se fosse sua figlia.» Rivolse a Laura un sorriso triste. «Conosco Luca: arriverebbe a sposarmi per difenderci da Peter Jones...»

«Sei sicura di non amarlo più?»

«Laura, devo farti una confidenza di cui mi vergogno... Sono innamorata di Paul Hasselt. Già: il grande maestro che ha sposato il suo lavoro come una missione. È l'uomo forte dei miei sogni. A volte mi illudo che anche lui provi qualcosa per me, altre volte mi do della cretina. Hasselt non ha mai avuto un legame stabile, non ha mai desiderato dei figli... Chi sono io, per avergli fatto cambiare idea?»

Laura la abbracciò. «Sei la migliore delle donne!»

«Perché ti ho levato un peso dal cuore?» Mary rise. «Se hai dei problemi con Luca, io non sono certamente tra questi!»

Un pomeriggio Gina cedette alle insistenze di Rose e la portò alla Life per aspettare all'uscita la zia Laura.

Poiché Laura tardava, Rose convinse Gina a entrare. «Guarda che bel salotto, la aspettiamo lì dentro!»

Olga, l'addetta al ricevimento, nel vederle entrare chiese gentilmente se poteva essere utile. Fu Rose a rispondere: «Sono venuta a prendere la dottoressa Gellini, mia zia!»

«Allora siediti» Olga sorrise. «Dovrebbe scendere tra poco.»

In quel momento Luca si avvicinò a Olga per dirle che doveva uscire in anticipo, ma era reperibile sul cellulare. Il suo sguardo cadde sulla bambina e la riconobbe immediatamente: era la piccola amica di Laura. Olga seguì il suo sguardo e glielo confermò. «È la nipote della dottoressa Gellini.»

Incapace di trattenere la propria curiosità, Luca si avvicinò a Rose e a Gina. «Zia Laura sta arrivando. Io sono un suo collega.»

«Ma quando?» si lamentò la piccola. «Io devo fare la merenda e ho fame.»

Luca indicò davanti a sé: «Vedi? In quella macchinetta ci sono le brioches e il cioccolato... Vuoi che ti accompagni?»

Gina intervenne pronta. «Non si disturbi!»

«Nessun disturbo. Stia tranquilla, sono un collega della dottoressa Gellini.» Prese Rose per mano e la condusse verso la macchinetta.

«Come ti chiami?» le chiese. Lo sapeva, ma voleva rompere il ghiaccio.

Rose assunse una espressione misteriosa. «Non posso dirtelo. La mamma mi ha detto che non devo dare confidenza agli *estranei*.»

Luca scoppiò a ridere. «Non hai sentito? Sono un dottore, come la zia Laura.»

«Anche la mia mamma è un dottore, però non lavora in questo posto.»

«Ah, no? E dove lavora?» chiese, tanto per tenere vivo il discorso.

«Al San... *Cristoforo*...»

«È una bella clinica.»

«Questa mi piace di più. Ha i divani più belli. Io prima abitavo a Londra, lo sai?»

«Sì, lo so... Sono una specie di mago.»

Laura uscì in quel momento dall'ascensore ed ebbe un moto di spiacevole sorpresa scorgendo Luca con la bambina. Li raggiunse davanti alle macchinette cercando di non perdere il controllo...

«Perché non mi hai detto che la tua deliziosa amichetta è venuta a vivere a Roma?» Luca scherzò.

Laura prese per mano Rose. «È davvero deliziosa» rispose vaga. «Ma adesso scusa, dobbiamo scappare.»

Rose si ribellò. «Non ho ancora fatto merenda! Voglio la cioccolata della macchinetta!»

«Non fare capricci. Faremo merenda in una bella pasticceria.»

Sergio Lisi ignorava che Laura fosse ancora in balia di problemi e tensioni. La sua attenzione era focalizzata su Gloria. Capiva che stava attraversando un periodo molto difficile e si chiedeva come aiutarla. Una mattina, al termine di due interventi eseguiti con lei, la invitò a mangiare qualcosa nella vicina trattoria.

E Gloria accettò senza farsi pregare. Fu lei a portare il discorso su Laura, facendo una battuta sul processo di beatificazione che era in corso alla Life.

Sergio, serio, le disse che fino a quando lei e la sorella non si fossero ritrovate non avrebbero mai trovato la serenità.

«La Gellini non è mia sorella.»

«Avete lo stesso padre!»

«Romano era *suo* padre. La figlia vera è lei, io ero l'intrusa.»

Sergio si ribellò. «È ingiusto quello che dici. Romano ti adorava!»

«Questo me lo ripete anche mia madre... Ma io *non ero* sua figlia. I figli veri sono un'altra cosa.»

«Vale anche per i genitori? Se per caso incontrassi il tuo padre vero, lo ameresti più di quanto hai amato il tuo padre adottivo?»

«Certamente no!» fu Gloria a ribellarsi.

«E allora perché pensi che per Romano fosse diverso? Tu e Laura eravate le sue figlie. E vi amava allo stesso modo.»

«Non ho bisogno di una sorella. Non voglio aver alcun rapporto con la Gellini» ribadì ostinatamente.

«E tua madre che cosa dice?»

Gloria fece una smorfia. «Sembra impazzita. Dice che si sente in colpa perché non riesce ad amare la figlia di suo marito!»

Fu un piccolo incidente a mettere Amalia e Laura di fronte.

Luzon, la domestica filippina, nel fare le pulizie una mattina urtò inavvertitamente un prezioso soprammobile di Lalique.

Amalia apparve spropositatamente turbata per la scheggiatura: quella tartaruga in cristallo era l'ultimo regalo fattole dal marito, e in un periodo di grandi tensioni.

Gloria spiegò alla madre che era stata acquistata in una gioielleria di Trastevere. «Ricordo bene il giorno in cui papà la comperò. Era col suo pacchetto davanti alla casa di Laura Gellini e fecero finta di essersi visti per caso. Laura fu particolarmente brava nel mentire...» si sfogò. Il veleno le aveva fatto dimenticare ogni riguardo per sua madre. «Scusami» si affrettò ad aggiungere.

«E di che cosa? Era l'incontro di un padre con sua figlia. Gloria, con questo tuo atteggiamento ostile e critico, rendi tutto più difficile!»

Più tardi Amalia decise di seguire il consiglio: portare la tartaruga nel negozio in cui era stata acquistata e tentare di farla riparare. Conservava la garanzia con l'indirizzo, e vi si fece condurre da un taxi.

Il proprietario della gioielleria ricordava molto bene sia l'oggetto sia l'acquirente. «Fui io a suggerirne l'acquisto. Il signor Forti desiderava fare un regalo alla figlia che si era appena trasferita in una nuova casa. Era indeciso tra un vassoio d'argento, un candelabro di antica manifattura, e un servizio di posate... Ma quando gli mostrai la tartaruga, scartò ogni altra idea.»

Il gioielliere, nella sua logorrea, non si accorse del crescente turbamento di Amalia. Le spiegò che la riparazione era possibile, ma bisognava rimandare l'oggetto al fabbricante francese e aspettare almeno un paio di mesi per riaverlo indietro. Preferiva lasciarlo subito oppure consultare la figlia?

Amalia rispose di mandarlo pure al fabbricante. «Sicuramente mia figlia sarà d'accordo» aggiunse.

Uscita dal negozio, dovette entrare in un bar per calmarsi. Perché Romano le aveva taciuta la verità? Superata la rabbia di sapersi tradita, avrebbe imparato ad amare sua figlia... Sarebbero andati insieme a comperarle i vestiti, le scarpe, i giocattoli... e quel soprammobile per la nuova casa. Sollevò lo sguardo e, come per una improvvisa illuminazione, guardò davanti a sé. La casa che Romano aveva regalato a Laura era all'ultimo piano del palazzo di fronte al bar. Riconobbe il portone, le balconate, le finestre ad arco, e arrossì di vergogna pensando all'orribile detective privato che gliene aveva mostrato le fotografie...

D'un tratto vide uscire dal portone una donna e una bambina. La piccola aveva uno zainetto rosso sulle spalle e continuava a chiacchierare. Le venne in mente Gloria bambina. E poi la lettera di Romano. *Laura è la figlia a cui non ho dato niente*. Sentì le lacrime pungerle gli occhi.

Quanta sofferenza gli era costata non accompagnare mai a scuola Laura, mai andare in vacanza con lei, mai esibirla orgogliosamente come aveva potuto fare con Gloria?

Come evocata dal nulla, Laura si materializzò sul marciapiede di fronte. Stava correndo per raggiungere la donna con la bambina. «Rose, hai dimenticato l'album da disegno e i pennarelli!» gridò.

Amalia lasciò una banconota da cinque euro sul tavolino del bar e si alzò di scatto. *Doveva* fermare Laura prima che rientrasse in casa. Attraversò il marciapiede e la aspettò davanti al portone.

Laura arrivò pochi istanti dopo, affannata per la corsa, e come la vide la salutò con voce stupita, turbata.

«Se non hai fretta, vorrei parlarti» Amalia le disse senza preamboli.

«Il mio turno alla Life comincia alle due... Vuole salire da me?»

Laura si affrettò a togliere dal divano due bambole, spostò la casa di Barbie dal tappeto. Con suo grande sollievo, Amalia non fece alcun commento sull'evidente presenza di una bambina in quella casa.

Per qualche istante restarono in silenzio, l'una di fronte all'altra. Laura, schiarendosi la voce, le chiese se desiderava un caffè.

Amalia fece cenno di no. E le disse, di getto, che da molti giorni desiderava vederla. «Vorrei sapere di te, della tua infanzia, dei rapporti che avevi con Romano» aggiunse prima che le mancasse il coraggio.

Laura non sembrò sorpresa. «I miei rapporti con lui sono stati distaccati, sporadici.» Guardò Amalia negli occhi, e confessò con sincerità: «Sono stata sempre gelosa di lei e di Gloria. Io ero la figlia illegittima da tener nascosta e frequentare quasi con vergogna. Troppo tardi ho capito quanto mi avesse amata. Ma lei, la moglie, veniva al di sopra di tutto. Mi teneva nascosta non per vergogna, ma per il terrore che lei soffrisse».

«La sofferenza peggiore è stata credere che fosse il tuo amante.»

«Deve perdonarmi... Ho sbagliato impedendo a Dino Argenzi di darle quella lettera.»

Amalia fece un cenno come a dire che ormai era un argomento chiuso. Chiese un bicchiere d'acqua. E dopo averlo bevuto, guardò la fotografia di una donna sui cinquant'anni che stava sul tavolino. «Era tua madre?»

«Sì... È l'ultima foto che ha fatto, prima di ammalarsi. Sono tornata da Londra proprio per starle vicino.»

«Romano sapeva che era ammalata?»

«No. L'ho chiamato dopo i funerali. Non potevo nascondergli che era morta.»

«Sei una ragazza molto orgogliosa» Amalia disse, quasi a se stessa.

Laura non riuscì a trattenere un moto di animosità.

«Ho vissuto per ventotto anni desiderando un padre vero... L'orgoglio mi ha aiutato a non piangermi addosso e a non crescere con il complesso della vittima.»

«Ma Romano ti voleva bene! La lettera che mi ha scritto è piena d'amore per te!»

«Quando si è bambini si capisce soltanto quello che si vede. Il papà che ti vuole bene è quello che ti accompagna ai giardinetti, ti fa giocare, ti aiuta a fare i compiti, ti compra il gelato. Io avevo un papà che ogni tanto veniva a trovarmi e stava chiuso nella mia stanza con una faccia triste. Una volta, a dodici anni, gli chiesi di accompagnarmi a una festa della scuola. Rispose che non poteva. Quel giorno capii che non uscivamo mai perché aveva paura che qualcuno lo vedesse con me.»

«Dio mio, perché non mi ha mai detto la verità? È stato un inferno per te, ma anche per lui!» Amalia proruppe, profondamente turbata.

Gloria ebbe una reazione violenta quando la madre la supplicò di stabilire un rapporto migliore con Laura. «A quanto pare ha plagiato anche te!»

«Questo non è vero. Non so se riuscirò a rimuovere tutto il rancore che ho accumulato. Ma quella ragazza ha avuto una vita molto difficile e dobbiamo sforzarci di...»

Gloria la interruppe: «Sforzati tu. Ma lasciami fuori da questa storia».

XXI

Paul Hasselt telefonava ogni due o tre giorni da Londra per parlare con Mary e accertarsi che tutto andasse bene. Laura all'inizio aveva ritenuto realistica la spiegazione dell'amica: questo interessamento derivava da un lungo rapporto di collaborazione e di amicizia. Laura aveva lavorato tre anni con Hasselt: era un "maestro" senza arroganza, sempre disponibile e sempre cordiale. Ma nessuno aveva mai associato il suo nome a quello di una infermiera o di una collega. Non era un misogino: semplicemente rifuggiva dagli idilli ospedalieri. E per sua stessa ammissione non aveva voluto formarsi una famiglia perché un uomo impegnato come lui sarebbe stato fatalmente un marito deconcentrato e un padre latitante.

Ma l'assiduità con cui chiamava Mary, restando talvolta al telefono per oltre mezz'ora, fece insorgere in Laura il sospetto che il coinvolgimento di Hasselt andasse oltre l'amicizia.

«Non voglio farmi illusioni» ripeteva Mary. «Non ho più l'età per i sogni adolescenziali!»

Una sera di fine ottobre ricevette da Londra una telefonata di Anne Hasselt: suo fratello aveva avuto un infarto ed era ricoverato, in gravissime condizioni, allo stesso Richmond's.

Mary, incurante del pericolo che Peter Jones ancora rappresentava per lei, decise senza un attimo di esitazione di partire per Londra. Al mattino dopo, con il primo volo, si imbarcò da Fiumicino, rassicurata soltanto dal sapere sua figlia in ottime mani: "zia Laura" la amava teneramente e Rose stessa fu felice di poter restare a Roma con lei.

Mary telefonava due volte al giorno, soprattutto per tranquillizzare l'amica: Paul sembrava fuori pericolo e dava segni di ripresa; Peter Jones, prosciolto e definitivamente libero, si era trasferito negli Stati Uniti... Ma su quest'ultimo punto Laura non era affatto tranquilla: e se Peter Jones avesse voluto depistare Mary, come lei aveva fatto con lui? Tremava al pensiero che quel criminale si trovasse a Roma e stesse preparando un piano per rapire la figlia. Gina accompagnava e riprendeva la bambina da scuola con la macchina del portinaio e lei la tempestava di telefonate di raccomandazione e di controllo.

Le notti in cui era di guardia viveva letteralmente col cuore in gola. Soltanto in sala operatoria ritrovava il controllo e riusciva a deconcentrarsi dalle sue paranoie.

Mary rientrò a Roma dopo tre settimane e tutte le tensioni di Laura sparirono. La sua amica era raggiante: Paul era stato dimesso e le aveva chiesto di sposarlo! Ma le "splendide notizie" preannunciate per telefono non finivano qui.

Hasselt, consigliato dal suo avvocato, aveva deciso di riconoscere Rose come figlia sua. E non soltanto: era in trattative con il San Cristoforo per venire a lavorare a Roma. In un altro Paese, con un altro cognome e con un padre legittimo, Rose sarebbe stata al riparo da qualunque rivendicazione da parte di Peter Jones...

«Hasselt deve essere pazzo di te!» Laura rise. All'enorme sollievo si aggiungeva la felicità di non doversi più separare da Rose e da Mary.

«Paul mi ha confessato di essere sempre stato innamorato di me... La mia partenza per l'Italia e la sua malattia gli hanno aperto gli occhi. Ha dato più di trent'anni al lavoro, e adesso ha bisogno di una famiglia... Al San Cristoforo farà il direttore sanitario, con orari e impegni più umani!»

L'avvocato di Hasselt stava preparando i documenti per il matrimonio e per il riconoscimento di Rose. «Tornerò a Londra quando tutto sarà pronto, e dopo la cerimonia e un breve viaggio di nozze, ripartirò per l'Italia con Paul.»

Nel frattempo si mise in contatto con un'agenzia immobiliare per cercare una casa dove sarebbero andati a vivere.

Tutti i problemi di Mary sembravano risolti, e fu solo allora che Laura si decise ad affrontare un argomento scabroso: Luca doveva finalmente conoscere la verità sulla nascita di Rose, sapere perché Mary gli aveva impedito di riconoscerla, smettere di torturarsi nel rimpianto e nei sensi di colpa.

Ma Mary per la prima volta si mostrò irragionevole e ingenerosa: Luca apparteneva a un passato doloroso che in quel momento non poteva riesumare. Era una repulsione istintiva, un timore oscuro... Luca avrebbe potuto avere una reazione imprevedibile, esigere un test di paternità per avere la certezza che lei non gli mentisse, costringerla a rimandare il matrimonio. No, non insistesse: gli avrebbe detto la verità più avanti, quando i conti col passato sarebbero stati veramente chiusi.

Ma una mattina accadde ciò che Laura aveva previsto

sin dall'inizio: Sergio Lisi andò al San Cristoforo per incontrare un collega oncologo e, mentre stava raggiungendo il suo studio, scorse in fondo al corridoio la vecchia amica Mary Welles.

Indossava il camice e aveva una cartella clinica in mano. Superato lo stupore, fece per andarle incontro ma Mary gli voltò le spalle fingendo di non riconoscerlo e sparì dietro una porta.

Più tardi, tornato alla Life, raccontò a Gloria quel singolare incontro. Era ancora perplesso. «Stamattina ho visto al San Cristoforo Mary Welles, una dottoressa inglese che era molto amica mia e di Laura... Anche lei mi ha visto, ma ha fatto finta di non riconoscermi ed è scappata via in gran fretta.»

«Ci sarà una ragione. Perché non ne parli con Laura Gellini?»

«Sicuramente non sa che Mary lavora a Roma, altrimenti me lo avrebbe detto.»

«Lei è la donna dei misteri» Gloria ribatté ironica.

«Quando la smetterai con queste battutacce?»

«E tu quando la smetterai di fare il suo paladino?»

Due interventi e un ricovero urgente distolsero Sergio dal pensiero di Mary. Se ne ricordò poco prima di lasciare la Life, quando si imbatté in Laura. Anche lei stava per finire il turno.

«Lo sapevi che Mary Welles adesso vive a Roma?» le chiese in tono discorsivo. Non si aspettava certamente la reazione di Laura: spaventata, sorpresa.

«Perché me lo chiedi?»

«L'ho incontrata al San Cristoforo e ha fatto finta di non riconoscermi...»

«Non l'hai detto a nessuno, spero.» Più che la richiesta a colpirlo fu la voce quasi angosciata. La guardò negli occhi. «Che cosa altro stai nascondendo?»

«Mary e la sua bambina vivono a casa mia» Laura disse dopo un lungo silenzio. «È dovuta scappare dal padre di Rose e io l'ho ospitata. *Nessuno* deve saperlo. Devi giurarmi che...»

«L'ho detto a Gloria. Mi dispiace.» Sergio era davvero mortificato.

Laura rifletté rapidamente. Parlando della madre di sua figlia Luca non ne faceva mai il nome, quasi gli ripugnasse pronunciarlo: per questo era impossibile che Gloria associasse Mary Welles a lui.

«Non dirlo a nessun altro, per favore. Soprattutto a Luca.»

«Promesso.»

Finalmente Sergio capiva perché Laura non l'aveva più invitato a casa sua, si appartava per fare lunghe telefonate, usciva in gran fretta alla fine dei suoi turni, era sempre tesa... Luca, irritato e perplesso per questi comportamenti, si sfogava spesso con lui. E Sergio non poteva che dargli ragione.

Ma dopo il colloquio con Laura si sottrasse a questi sfoghi cercando di minimizzare o di cambiare discorso. Non poteva tradire la fiducia di Laura e sospettava che gli avesse nascosto più cose di quante gliene avesse dette.

Luca si accorse subito che l'atteggiamento di Sergio nei suoi confronti era cambiato: d'un tratto anche lui era diventato evasivo, sfuggente. Ogni volta che tentava di parlargli di Laura, lo esortava a non essere impaziente, a fidarsi, a non fare congetture sbagliate.

Era forse rinato il vecchio amore di Sergio per lei? E in questo caso, perché gli ripeteva di non arrendersi, di avere fiducia? Aveva avuto l'impressione che Sergio fosse attratto da Gloria. Di certo le sue esortazioni a non illuderla e a interrogarsi sui suoi sentimenti erano state determinanti per una franca spiegazione con lei: le voleva bene, stavano bene insieme, la riteneva una compagna ideale, ma si sentiva troppo confuso per dare uno sbocco definitivo al loro legame. A quel punto, gli sembrava disonesto che lei si sentisse impegnata...

La reazione di Gloria era stata inaspettatamente civile e serena: anche lei si sentiva confusa, e condivideva la sua riluttanza a proseguire un rapporto senza futuro.

La comprensione di Gloria derivava da un interesse per Sergio, che lui aveva ritenuto contraccambiato?

Era stanco di dubbi, di delusioni, di insicurezze. Amava Laura, ma era patetico lottare per riconquistarla se l'aveva già perduta. Il bisogno di certezze esplose in lui con tanta urgenza da travolgere ogni remora.

Alle dieci di sera, incurante dell'ora, salì in macchina e andò a casa sua.

«Non salire, scendo subito» gli disse quasi con affanno.

Aveva un altro padre segreto nascosto in casa? Un principe azzurro con le sembianze di un ranocchio? Laura aprì il portone e subito lo richiuse, quasi avesse il terrore che lui vi si infilasse con la forza.

«C'è qualche problema che...»

«Il mio problema sei tu.»

«Luca, questo non è il momento per...»

«Sali nella mia macchina» disse perentoriamente. Ve la condusse tenendola per un braccio e, solo dopo che fu seduta, salì a sua volta.

«Devo parlarti. Ti porto a casa mia» disse con lo stesso tono perentorio accingendosi a mettere in moto.

Laura gli posò una mano sul braccio. «Non stasera, per piacere.»

All'indomani, alle sette, Mary sarebbe partita per

Londra. Paul le aveva telefonato che tutto era pronto per il loro matrimonio e il riconoscimento di Rose, e all'ultimo minuto la sua amica, impaziente, aveva deciso di raggiungerlo un giorno prima. Stavano preparando la valigia quando Luca era arrivato.

«C'è Sergio Lisi da te?»

Quella domanda improvvisa, e senza senso, fece sbarrare gli occhi a Laura. «Che cosa ti viene in mente?»

«Sei innamorata di lui?»

Sospetti... Ancora sospetti! «No. E a scanso di equivoci chiarisco che non è il mio fratello segreto, non è il mio amante, non mi ha...»

«Scusami.»

La voce mortificata di Luca la riempì all'improvviso di sensi di colpa. Scusami tu, avrebbe voluto rispondergli. *Da me* c'è la donna che ti ha inaridito il cuore e c'è una bambina che credi tua figlia. Fai bene a sospettare di me, non ti ho raccontato altro che bugie e mezze verità. Si proibì di piangere.

«Scusami» Luca ripeté.

«Mi dispiace...»

«Di non amarmi? Di non potermi dare nessuna speranza?»

«Ma io ti amo!» protestò.

«Se me lo dici, ti credo» rise Luca. Le circondò le spalle e se la strinse contro. «Non sono mai stato felice come in questo momento.»

Tre giorni dopo Mary telefonò da Londra e annunciò a Laura, raggiante, che Rose adesso era, a tutti gli effetti, figlia di Paul Hasselt: il riconoscimento era stato trascritto e il matrimonio celebrato.

«Andremo una settimana in Scozia, a trovare i suoi

cugini, e poi partiremo per Roma» disse. In attesa di trovare una casa, si sarebbero sistemati in un residence.

Ma Mary non sarebbe mai arrivata: il giorno dopo le nozze un'auto la travolse e la uccise sul colpo mentre attraversava la strada con i croissant caldi che era andata a comperare mentre il marito ancora dormiva... Fu Paul a telefonarle, straziato.

Laura era appena arrivata alla Life. In singhiozzi, corse a cercare Sergio Lisi. «Mary è morta... Devo andare subito a Londra...»

Un'ora e mezzo dopo erano, insieme, sull'aereo. E solo quando salirono sul taxi, per raggiungere la casa di Paul Hasselt, Laura smise di piangere e pensò a Rose. Sopraffatta dalla tragedia, era partita senza avvertire Gina e senza darle alcuna disposizione per i giorni che avrebbe trascorso a Londra.

Fece per chiamarla, ma ci ripensò: Gina era una donna brava e affidabile, ma aveva poca esperienza con i bambini e non si sentiva abbastanza tranquilla lasciandole Rose. E così telefonò a Denise.

Dopo l'arrivo di Mary si erano incontrate soltanto in clinica e si rammaricò di questo. Ma Denise si dimostrò la persona sensibile e generosa di sempre. Senza farle domande, le assicurò che sarebbe andata subito da Gina per spiegarle l'accaduto e che avrebbe ospitato a casa sua la figlia della povera amica.

Luca arrivò in clinica a mezzogiorno e seppe da Gloria che Laura era partita per Londra. Cadde dalle nuvole. *Per Londra*? Era proprio sicura?

«Me l'ha detto Sergio. È scappato via dicendo che doveva accompagnare Laura a Londra e pregandomi di avvertire Olivares. Sembrava stravolto...»

Gloria era perplessa quanto lui. Ma la perplessità di Luca diventò via via inquietudine e risentimento: per tutto il giorno provò a chiamare Laura, ma il suo cellulare risultava spento. E neppure Sergio Lisi rispondeva al suo.

Al mattino dopo, casualmente, Luca seppe da Denise che un'amica di Laura aveva avuto un incidente e lei si trovava a Londra per essere vicina al marito e assistere ai funerali. Perché Denise era stata informata di questo e lui no? L'inquietudine lasciò il posto all'amarezza e al risentimento. E si rifiutò di mettersi in contatto con lei. Fu Laura a chiamarlo, il giorno dopo. Con voce piena di dolore gli disse quello che già lui sapeva, e cioè che una sua cara amica era morta tragicamente.

«Era amica anche di Sergio Lisi?» Luca non si trattenne dal chiederle.

«Sì... Sergio ripartirà domani, mentre io dovrò trattenermi qui per qualche altro giorno. Ho già avvertito Olivares...»

Giusto. Lui era l'ultimo a sapere, a essere avvertito. «Sono stato molto preoccupato. Non potevi telefonarmi prima? E che cosa devi fare, ancora, a Londra?»

«Luca, ti spiegherò al mio ritorno. Questo è un momento terribile per me.»

«Mi hai sempre tagliato fuori da questi momenti. Come un estraneo.» Riattaccò prima di dire cose di cui si sarebbe pentito.

Il tentativo di sapere qualcosa da Sergio Lisi si rivelò vano perché le sue risposte furono reticenti ed evasive.

Laura si era trattenuta a Londra per restare vicina al suo vecchio maestro. E non soltanto. Hasselt, solo, affranto e ormai malfermo di salute, non se la sentiva di ricominciare una nuova vita a Roma, senza l'adorata Mary, ed era preoccupato per il futuro di Rose. Sarebbe riuscita ad affezionarsi a lui, un uomo che non aveva mai conosciuto?

Legalmente era sua figlia, ma lui aveva l'età per essere suo nonno. E se fosse stato colpito da un altro infarto?

Laura si era posta questi interrogativi prima di Hasselt, ma fu soltanto dopo il suo sfogo che osò fargli la proposta: lasciare la figlia di Mary a lei, che era ormai il suo unico punto di riferimento affettivo, affidandogliene legalmente la custodia. Mary stessa avrebbe approvato questa decisione. E fu l'argomento convincente. Due giorni dopo i funerali di Mary, l'avvocato di Hasselt avviò le pratiche per consentire a Rose di restare per sempre con l'amatissima "zia Laura".

Laura rientrò a Roma alle dieci di sera e andò direttamente a casa di Denise. La piccola era a letto e Laura lasciò che si godesse l'ultima notte di innocenza: la morte della madre, avvenuta in quel modo tragico, le avrebbe fatto scoprire la violenza del dolore, dell'ingiustizia, della perdita. Con quali parole avrebbe potuto darle la notizia?

Lo chiese a Denise, affranta. E poi le raccontò la storia di Mary e di Luca, di Mary e di Peter Jones, di Mary e della sua bambina, di Mary e della sua fuga in Italia con Rose. Un pirata della strada l'aveva uccisa quando il suo calvario era finalmente finito. Dopo un lunghissimo silenzio Denise disse con un filo di voce: «Anche Luca è una vittima di questa storia».

«Lo so...»

XXII

Dopo aver annunciato a Rose che la mamma era morta Laura era certa che mai più avrebbe dovuto affrontare una prova altrettanto difficile. Ma sbagliava. Quando andò alla Life per parlare con Luca lo trovò seduto davanti alla scrivania con la pagina del *Messaggero* aperto sugli annunci mortuari. Le porse il giornale in silenzio.

A funerali avvenuti, la direzione e i medici del San Cristoforo piangevano la scomparsa dell'amica e collega Mary Welles. Laura si sentì gelare il sangue. Mise il giornale sulla scrivania e lentamente, cautamente, posò lo sguardo su Luca. *Sa tutto, è troppo tardi per dirgli la verità, è finita.*

Anche lui la guardò. «La madre di mia figlia vive a Londra. Sicuramente si tratta di una omonimia» disse con una strana voce sommessa e impaurita.

Il sangue di Laura riprese a circolare: non sapeva nulla. *Digli la verità. Adesso, subito, prima che sia troppo tardi.*

A paralizzarla non fu la vigliaccheria, ma la stanchezza. La tragedia di Mary, lo strazio di Hasselt, i funerali, le notti insonni, l'angoscia per Rose l'avevano svuotata di ogni energia. Affrontare un discorso tanto difficile, e le prevedibili reazioni di Luca, le sembrava *impossibile*, come il chiedere a un vecchio di cent'anni di scalare l'Everest.

E così disse una frase infelice che la rese prigioniera della menzogna. «Sì. Può darsi che sia una omonimia.»

Luca era teso come una corda. «Devo telefonare al San Cristoforo per averne la certezza.»

Uno stanco guizzo di panico. Una domanda cretina. «Perché?»

Luca ebbe uno scatto. «E me lo chiedi? Devo avere la certezza che la Welles morta a Roma non sia la madre di Rose... La bambina potrebbe essere rimasta sola al mondo, avere bisogno di me.» Sembrava allibito per l'insensibilità e l'ottusità che Laura stava dimostrando.

La tensione di Luca era tale che non fece alcun cenno al suo viaggio a Londra, né ribadì i rimproveri che le aveva fatto per telefono.

«Vuoi che mi informi io al San Cristoforo?» Laura si udì chiedere, inorridita. Sperò con tutta se stessa che Luca rifiutasse. E invece la paura di farlo da solo lo spinse ad accettare.

E Laura, poco dopo, gli disse che sì, era proprio un caso di omonimia. Non poteva più tornare indietro.

Amalia era un'ottima ascoltatrice. Per curiosità e per inclinazione seguiva sempre con interesse ciò che gli altri le raccontavano, soprattutto se si trattava di persone che le erano care.

Anche lei lesse l'annuncio sul *Messaggero*. *Mary Welles*. Si concentrò per qualche istante su quel nome e ricordò che Gloria le aveva raccontato qualcosa a proposito di una dottoressa inglese che lavorava al San Cristoforo e, nel vedere il vecchio amico Sergio Lisi, era scappata facendo finta di non riconoscerlo.

Si rammaricò di aver tagliato corto alle illazioni di Gloria: sospettando che intendesse strumentalizzare l'episodio per coinvolgervi in qualche modo la figlia di Romano l'aveva zittita con fastidio.

Mary Welles: sì, così si chiamava la dottoressa inglese di cui adesso i colleghi italiani piangevano la scomparsa.

Ma quel nome le rievocava qualche altra cosa... Vi si concentrò con irrequietezza crescente, sapendo che non avrebbe smesso di arrovellarsi la testa fino a quando non le fosse venuto in mente che *cosa* le rievocava. E d'un tratto ricordò la sera in cui Luca, poco dopo la morte di Romano, era venuto a cena da lei. Gloria si trovava alla Life, per il suo turno di guardia, e avevano trascorso una serata molto piacevole.

Luca, a un certo punto, si era aperto con lei raccontandole che otto anni prima aveva avuto una bambina da una collega inglese... Una donna ambiziosa e devastante che non gli aveva permesso né di riconoscere né di crescere sua figlia.

Mary Welles: quel nome gli era sfuggito una sola volta, tra i denti, e adesso finalmente lei lo aveva ricordato. Ma il ridicolo sollievo durò pochi istanti. Doveva essere stato terribile, per Luca, apprendere attraverso un annuncio mortuario che la sua ex-compagna si era trasferita a Roma, sicuramente con la figlia, senza dirgli nulla.

Lo chiamò subito alla Life per fargli sapere che gli era vicina... Che di qualunque cosa avesse avuto bisogno, poteva contare sul suo aiuto.

Luca la ringraziò, ma sembrava imbarazzato. «Amalia, io non conosco la Mary Welles di cui è apparso il necrologio... È un caso di omonimia.»

Amalia si scusò. «Mi hai tranquillizzata... Sono sollevata per te.»

«La perdita di mia figlia è un dolore che non si cancellerà mai» fu la cupa replica.

Alla fine della telefonata Amalia restò per qualche minuto seduta. *Qualcosa* non la persuadeva. *Troppe* coincidenze. Non sono fatti tuoi, si disse. Ma aveva una strana sensazione, come se fosse di vitale importanza conoscere la verità, un suo *dovere* per difendere qualcuno.

Chiamò al San Cristoforo il ragionier Serena, il responsabile dell'ufficio acquisti che era stato molto amico di Romano, e gli chiese notizie della povera Mary Welles: da quanto tempo lavorava nella loro clinica? Era possibile avere il suo indirizzo romano e il nome di qualche parente o amico con cui mettersi in contatto?

Serena fu gentilissimo, e le chiese il tempo per informarsi all'ufficio del personale. La richiamò mezz'ora dopo: Mary Welles lavorava nella loro clinica da circa sei mesi. Aveva una figlia di otto anni, Rose, per la quale percepiva gli assegni famigliari, e risultava ancora domiciliata presso Laura Gellini, all'indirizzo provvisorio dato al momento dell'assunzione.

Mary Welles aveva chiesto due settimane di permesso matrimoniale e l'incidente mortale era avvenuto a Londra, dove aveva appena sposato il professor Paul Hasselt.

Amalia trovò a stento la voce per ringraziare. Era annichilita. Mary Welles era la donna di Luca e Laura l'aveva ospitata, anzi *nascosta*, a casa sua con la bambina.

Come in un flash, esplose nella sua mente il ricordo di Laura che usciva dal portone con un album in mano chiamando Rose... Di Laura che la faceva entrare in un soggiorno pieno di giocattoli...

In quale guaio si era cacciata? E perché? Prima di convincersi che non erano fatti suoi, si vestì rapidamente e chiamò un taxi per farsi portare alla Life.

Arrivata all'ingresso, ebbe la tentazione di tornare indietro: odiava più che mai quella clinica... Ma non poteva: quella pazza era figlia di suo marito e suo marito l'aveva *supplicata* di occuparsi di lei...

Laura era in sala operatoria e rimase ad aspettarla nel suo studio. Arrivò poco dopo. «Siediti» Amalia le disse perentoria. «Devo parlare con te.»

Il suo viso stanco, segnato, le suscitò preoccupazione e rabbia insieme. Perché quella benedetta ragazza non si decideva a vivere per se stessa, invece di farsi carico di tutti i problemi del mondo?

Laura si era seduta e la stava guardando in silenzio, visibilmente ansiosa.

«So tutto di te e di Mary Welles. Avresti dovuto dire a Luca che si era trasferita a Roma, a casa tua. Adesso per quanto tempo intendi nascondergli sua figlia?» gridò, quasi.

«Non è come crede. La prego, non mi giudichi la solita persona intrigante e bugiarda.»

«Non ti giudico affatto» Amalia la interruppe. «Sono anzi certa che ancora una volta, nella tua logica tortuosa, hai creduto di agire a *fin di bene*.» Nel suo sarcasmo vibrava una nota di brusca tenerezza.

«È così.»

«Dov'è, adesso, la piccola Rose?»

«Vive con me... Ho avuto la sua custodia legalmente...»

«*Con te*? E perché? Che cosa c'entri tu?»

«A Londra vivevo nella casa di Mary. Ero la sua migliore amica. E quando ha dovuto lasciare l'Inghilterra con la bambina mi ha chiesto aiuto. Abitava da me.»

«E non hai detto niente a Luca?» Era esterrefatta.

«Mary me lo aveva proibito... Signora Forti, mi trovo in una situazione spaventosa. Non posso più uscirne...»

Amalia scosse la testa. «Quando la smetterai, ragazza cara, con i tuoi silenzi e i tuoi misteri? Luca deve saperla, la verità. È il padre di Rose e da otto anni si sta dannando per averla perduta!»

Laura la guardò affranta. «Non è il padre. Mary non gliela fece riconoscere per questo.»

«Che razza di storia è questa?»

«Rose è figlia di un altro uomo. Mary sbagliò dall'inizio nascondendolo a Luca, ma aveva le sue ragioni. E io non posso giudicarla, soprattutto adesso che è morta.»

«Ti sembra giusto che Luca si rovini la vita rimpiangendo e cercando una figlia che non è sua?»

Laura si torse le mani. «Devo riflettere. Capire che cosa è meglio per lui.»

«La verità! *Niente* è meglio della verità! Nessuno te lo ha insegnato?» gridò Amalia.

Quelle parole ferirono Laura. «Ho sempre odiato i compromessi, le situazioni ambigue, le bugie! Ma mi sono trovata coinvolta in una storia che non è la mia, una storia più grande di me, e non so dove sbattere la testa. Luca ritroverebbe la serenità scoprendo di aver rimpianto per otto anni una figlia non sua? E pensa che il comportamento di Mary gli restituirebbe la fiducia nelle donne, nel prossimo?»

Amalia non si trattenne. «Tu non sei Dio! Non puoi dispensare gioie o risparmiare dolori! Non puoi fare miracoli o cambiare il corso degli eventi! Devi solo dire *la verità*!»

Ma il giorno dopo accadde qualcosa che costrinse Amalia a occuparsi soltanto di Gloria. Qualcosa che emerse dal passato e minacciò di travolgere le loro vite...

Sergio Lisi si trovava a Casa Life con Denise, per visitare un piccolo paziente, quando ricevette sul cellulare la chiamata di un ragazzo che lavorava come volontario nella sua stessa associazione: una vecchia, in condizioni pietose, era sdraiata sull'erba, nei giardinetti sotto casa sua...

Rifiutava di essere ricoverata in ospedale, sembrava *terrorizzata*.

Sergio si fece dare l'indirizzo. «Vengo subito» disse.

«Non con un'ambulanza.»

«Va bene, verrò con la mia macchina. Tu preoccupati che non scappi.»

«E come potrebbe? Non riesce neanche a sollevarsi.»

Denise si offrì di accompagnare Sergio: la vista di una donna avrebbe tranquillizzato quella povera vecchia.

Arrivarono dopo mezz'ora. Il ragazzo era sempre lì, e li accolse con sollievo. «Sta davvero male...»

Era una donna magrissima, con i radi capelli bianchi, ferma in una immobilità che sembrava quella della morte. Sergio si curvò su di lei. Le prese il polso tra le dita, le auscultò il cuore...

La donna aprì gli occhi e Denise sussultò: erano occhi chiari e bellissimi. E il suo sguardo, disperato, non era quello di una vecchia.

«Non posso andare all'ospedale» disse con voce flebile.

Sergio si sollevò in piedi. «Credo che sia soltanto affamata e disidratata» spiegò a Denise.

«Portiamola a Casa Life.»

Appena arrivata, la donna fu spogliata dai lerci abiti che indossava e Sergio le prestò i primi soccorsi: una flebo di soluzione glucosata, l'ossigeno per aiutarla a respirare...

Era senza borsetta e senza documenti: probabilmente una delle tante donne senza parenti né dimora.

Denise comunicò ai carabinieri il ricovero della sconosciuta. Due giorni dopo, con insperata rapidità, un sottufficiale si presentò a Casa Life in compagnia di una suora. La donna ricoverata si chiamava Clelia Piro, aveva quarantasette anni e una settimana prima era fuggita dall'istituto religioso in cui la pubblica assistenza l'aveva fatta ricoverare. *Quarantasette anni.* Fu il particolare che più sconvolse Denise. Che vita aveva condotto, quali dolori aveva avuto per ridursi in quello stato? Anche la sua mente sembrava offuscata. Parlava della sua bambina… Si toccava il seno dicendo che il latte le stava andando via…

L'incontro con Amalia aveva provocato in Laura una crisi profonda. Si interrogò onestamente: la sua riluttanza a confessare la verità a Luca derivava dalla certezza che lui non l'avrebbe mai perdonata, e si sarebbero perduti per sempre, oppure dal timore di ferirlo ancor più profondamente di quanto Mary avesse fatto?

La risposta che si diede la liberò, in parte, dai sensi di colpa. Innanzi tutto Rose *non era* figlia di Luca e, tenendola con sé, non lo privava né del suo affetto né dei suoi diritti di padre.

Se taceva, era soltanto per salvaguardare pietosamente la memoria di Mary e il futuro di Luca. Apprendere che per otto anni si era dannato per la perdita di una figlia non sua lo avrebbe spinto a detestare ancor più visceralmente Mary. E il suo cuore si sarebbe fatto ancora più arido: per otto anni era stato beffato, ingannato, costretto a una sofferenza inutile.

Il comportamento distaccato di Luca la liberò dagli ultimi scrupoli. Il loro rapporto era stato segnato dai malintesi, dai silenzi e dai rancori che li avevano divisi. E, vivendo insieme, sarebbero stati sempre rissosi e diffidenti.

Dovevano lasciarsi. Laura lo amava, ma non poteva condannare lui e se stessa a quell'inferno senza fine. Presa quella decisione, tentò invano di parlargli. Luca non era soltanto distaccato, ma sembrava cercare ogni pretesto per sfuggirla.

«Credo che si stia riavvicinando a Gloria» le disse una mattina Sergio Lisi. «Ricordi quel verso di Edgar Lee Masters? *I nostri cuori rispondono a stelle che non vogliono saperne di noi...*» declamò con voce triste.

Sei ore più tardi Laura li vide uscire dalla Life. Luca teneva un braccio sulla spalla di Gloria e stavano ridendo...

«Andiamo a bere un caffè come Dio comanda?» Luca propose a Gloria.

«Ottima idea. Al bar di fronte hanno anche dei tramezzini sublimi...»

«Sei sicura di non voler cenare con me?»

«Stasera no. Mia madre deve farmi un discorso molto importante.»

Le sue solite paranoie, pensò rabbuiandosi. Non capiva perché le aveva *proibito* di nominare Mary Welles a Luca e di raccontargli che Sergio l'aveva vista al San Cristoforo...

«Sarà per un'altra sera. Non fare quella faccia, Gloria!»

Come entrarono nel bar, Luca scorse sedute al primo tavolino una giovane ragazza con una bambina. Stavano parlando vivacemente. Riconobbe subito la piccola: era Rose, l'amichetta di Laura...

Si avvicinò sorridendo. «Ciao, mi riconosci?»

«Certo. Sei il dottore che lavora con zia Laura. E lei è Angie, la mia amica baby sitter.»

Angie gli rivolse un sorriso. «Stiamo aspettando la dottoressa Gellini.»

«Alla tua clinica le poltrone sono più comode» interferì Rose «ma zia Laura non vuole *assolutamente* che vado a aspettarla lì.»

Gloria lo tirò per un braccio. «Andiamo Luca?» Lui fece per seguirla, ma si bloccò. Lo sguardo della bambina gli era familiare... E d'un tratto si ritrovò a fissarla con una strana inquietudine.

«Vuoi sederti al nostro tavolo?» la piccola gli chiese.

Luca udì Angie, la baby sitter, esortarla *in inglese* a non disturbare il signore e a ricordare l'avvertimento della mamma: non doveva dare confidenza agli estranei.

Con un visetto risentito la piccola rispose che quel signore non era un estraneo. Era un amico di zia Laura, e faceva il medico come mamma Mary. Rose *parlava un perfetto inglese.*

Luca sentì le gambe tremare. «Accetto volentieri il tuo invito» disse.

«Ma cosa fai? Andiamo!» Gloria disse con una voce quasi spaventata.

«Va' a sederti e aspettami» Luca disse brusco.

«C'è posto anche per lei» Rose disse indicando Gloria.

«Ho sentito che parli molto bene l'inglese» Luca commentò cambiando tono di voce e rivolgendole un sorriso.

«Certo! Io sono nata a Londra e ho sempre abitato lì, però ho imparato subito l'italiano.»

«Sei la figlia di Mary Welles, vero?» Luca chiese con una voce che spaventò lui stesso, un gemito roco, soffocato in gola.

Gloria lo prese per un braccio, quasi a sostenerlo. *Dio, mio!* pensò. Ora capiva le raccomandazioni di sua madre.

Il visetto della piccola si rabbuiò. «Mamma Mary è morta, e io sono rimasta con la zia Laura. Adesso la mia mamma è lei.»

Luca rimase impalato a fissarla. *È mia figlia. L'ho trovata.* Si trattenne a stento dal sollevarla dalla sedia e stringerla tra le braccia.

Laura entrò in quel momento. Non fece nemmeno in tempo a spaventarsi o a stupirsi: Luca la afferrò per un braccio e la trascinò fuori dal bar. E riversò su di lei otto anni di frustrazioni, di sofferenza, di odio.

Fu una scena terribile. «Rivoglio mia figlia» disse alla fine.

Clelia Piro, la donna ricoverata da Denise a Casa Life, uscì lentamente dal suo stato confusionale. Finalmente nutrita e accudita, aveva riacquistato la sua dignità di essere umano. Ma le sue condizioni di salute erano disperate: l'Aids, da tempo conclamato, era giunto allo stadio terminale. Lei stessa confessò che anni di tossicodipendenza, di vagabondaggio e di degrado avevano segnato il suo destino.

Sergio e Denise decisero di trasportarla alla Life. E fu lì che appresero il suo calvario. A segnare la sua vita era stato un dramma mai superato. Aveva diciassette anni quando le portarono via la sua bambina di due settimane. Lei aveva lasciato fare, rendendosi conto di non essere in grado di proteggerla. Il suo compagno aveva cominciato a portare la neonata in strada, usandola per impietosire i passanti.

«L'assistente sociale mi aveva promesso che, se mi fossi disintossicata e curata, mi avrebbero trovato una casa e restituito la figlia. Io le credetti. Mi separai dal padre della bambina, mi feci ricoverare in una comunità, smisi di bucarmi...»

Ma quando si era presentata all'istituto per riprendere la figlia, ecco la terribile scoperta: dichiarata in stato di abbandono, era stata data in adozione a una coppia...

Sergio, sconvolto, raccontò a Gloria la storia straziante di Clelia. E si stupì profondamente vedendo la sua reazione distaccata, indifferente.

«Anche la mia madre naturale era una sbandata» si difese Gloria. «Perché non pensate alla neonata di Clelia, abbandonata sola in una stamberga oppure usata per impietosire i passanti e rimediare una dose da spararsi in vena? È per quella neonata che provo pietà. Per tutti i figli sfruttati e abbandonati! La vostra Clelia paga per gli errori che ha commesso: per quanto dura, è *giustizia* anche questa!»

«Come puoi essere così spietatamente razionale?» Sergio chiese. Era desolato per lei.

XXIII

Luca era la sola persona a non condannare il comportamento distaccato di Gloria: persino Amalia ne sembrava scandalizzata.

«Ha dimenticato in quali condizioni trent'anni fa riportaste Gloria dall'ospedale?» Luca la rimproverò. «Quando mi raccontò le sue prime settimane di vita lei era sconvolta, straziata.»

«Ero straziata anche pensando a come doveva essersi ridotta la sua povera madre» precisò Amalia.

«Nessuno l'aveva costretta a drogarsi e a ridursi peggio di una bestia.»

La stanza in cui Clelia si stava spegnendo sembrava la meta di un pellegrinaggio. I "fedeli" andavano e venivano col volto afflitto contemplandola come se fosse la Madonna dei sette dolori: Denise, Sergio, Tilly, i coniugi Olivares... E Laura. La donna che con slealtà e cinismo aveva coperto Mary Welles e tentato di tenerlo lontano da sua figlia grondava lacrime e compassione. Uno spettacolo stomachevole da cui stava alla larga, con Gloria. Fortunatamente quella donna non era una paziente del suo reparto e non aveva nemmeno il dovere di seguirla professionalmente.

Apprezzava più che mai la coerenza e la razionalità di Gloria. E si schierò apertamente dalla sua parte quando Amalia arrivò alla Life e chiese proprio alla figlia di accompagnarla nella stanza di Clelia Piro. Era una provocazione? Ve la accompagnò lui, lasciandola davanti alla porta.

Clelia Piro. Amalia non aveva dovuto fare alcuno sforzo di memoria quando, la sera prima, Tilly le aveva raccontato che nei rari soprassalti di lucidità la povera donna chiedeva la grazia di poter rivedere sua figlia... *Clelia Piro* era il nome della madre naturale di Gloria. La neonata che era stata affidata a lei e a Romano aveva trascorso due giorni all'Istituto Santa Chiara, lo stesso che Clelia nominava con affanno, ripetendo che l'assistente sociale l'aveva portata lì... Che lei era andata a cercarla lì...

Amalia non credeva nelle coincidenze. Ed entrò nella stanza di Clelia con la certezza che era la madre naturale di Gloria.

Come la vide, arretrò istintivamente: il volto raggrinzito e scavato sembrava quello d'una vecchia. Mio Dio, pensò angosciata, come ha potuto ridursi così? Quanto male le ha fatto, la vita?

Si avvicinò lentamente e si curvò su di lei. «Clelia...» la chiamò piano. La donna aprì gli occhi: uno sguardo scolorito, stanco, come se avesse visto tutto il male del mondo... «La mia... bambina...» ansimò. E lo sguardo si richiuse.

Amalia uscì correndo. Doveva cercare Gloria, supplicarla di compiere un estremo gesto di pietà. Quando arrivò davanti alla porta del suo reparto si fermò. Anche sua figlia aveva diritto alla pietà. Doveva trovare le parole giuste per dirle che Clelia Piro era la sua madre naturale.

E le trovò. Con cautela, con amore, con sofferenza le disse la verità.

Gloria la ascoltò con una espressione distaccata e impenetrabile. Ma alla richiesta di andare dalla madre, per un estremo saluto, il suo viso si trasformò in una maschera di orrore: non poteva! Quella donna era un'estranea! Non aveva nessuna pietà per lei!

Rose uscì da scuola alle quattro. Salutò le amichette e si diresse verso il cancello: non c'era nessuno ad aspettarla. Era la prima volta che succedeva, ma zia Laura le ripeteva ogni mattina che, se lei o Gina o Angie fossero arrivate in ritardo, lei non doveva *assolutamente* muoversi.

Fu quanto fece. Si sedette sul muretto alla sinistra del cancello e aspettò. Vide uscire tutti i bambini di tutte le classi. Alle quattro e mezzo, stufa e innervosita, decise di andare a casa da sola. *Così imparano*, disse attraversando il semaforo.

Conosceva bene la strada e non era una bambina piccola. Alla fine del vialone avrebbe dovuto svoltare a destra: attraversata la piazza, era arrivata. Aveva percorso circa cinquanta metri quando un ragazzo su una motocicletta frenò accanto al marciapiede. «Sei sola?»

Rose sapeva bene di non dover dare confidenza agli estranei e tirò dritto senza rispondere.

Il ragazzo la seguì a motore spento, accostato al marciapiede. «Dove vai?»

«A casa mia.»

«Vuoi salire? Posso darti io un passaggio» disse togliendosi il casco.

Rose fece di no con la testa. Poi, con voce sicura, rispose che abitava poco lontano e poteva benissimo andare a piedi. Per scoraggiarlo, indicò il palazzo più vicino. «La mia casa è lì. Ciao.»

Il ragazzo rise. «Abiti in una casa da ricchi!»

Quella risata non piacque a Rose. Si guardò attorno con una espressione inquieta…

Il ragazzo rise di nuovo: «Non c'è nessuno… Potrei caricarti sulla moto e portarti via!».

Quel ragazzo non le piaceva proprio… E se lo avesse fatto davvero? Controllando la paura, gli fece di nuovo un gesto di saluto e cominciò a correre.

Il ragazzo scese dalla moto e la inseguì. Quella mocciosa lo aveva provocato e lo divertì l'idea di farla spaventare davvero.

La bambina cominciò a correre ancora più forte. Si girò e vide che lui la stava raggiungendo… Terrorizzata, attraversò la strada senza guardarsi intorno.

Angie, che tutta affannata stava andando verso la scuola, udì lo stridio d'una lunga frenata: un'auto aveva investito una bambina. Prima di vedere, capì che era Rose e cacciò un urlo. L'ambulanza arrivò pochi minuti dopo. Angie spiegò che la zia della bambina era un medico della Life: dovevano portarla lì.

Mentre Rose veniva visitata da un medico del pronto soccorso, un'infermiera andò nel reparto di Laura per avvertirla dell'accaduto.

«Vada a chiamare Olivares… Gli dica di raggiungermi al pronto soccorso» Laura le chiese con voce di panico.

Olivares arrivò dieci minuti dopo, accompagnato da Luca.

«Sto aspettando l'esito degli esami… Si sospetta che Rose abbia una lesione interna» Laura disse.

Luca la guardò con una espressione tanto preoccupata quanto ostile. «Che cosa aspettavi ad avvertirmi? Eravamo d'accordo che avresti dovuto tenermi sempre informato.»

«Basta! Non ora!» Laura gridò istericamente.

«Vado dentro a vedere» Olivares disse. «In questo momento dovete stare calmi e pensare soltanto a Rose.»

Luca si sedette accanto a Laura, in silenzio.

Olivares tornò pochi minuti dopo. «Rose ha un'emorragia interna, ma la situazione è sotto controllo. Abbiamo già chiesto in emoteca del plasma compatibile per una prima trasfusione e nel frattempo portiamo la bambina in terapia intensiva.»

Luca si alzò di scatto e fissò Laura. «Rose ha il gruppo sanguigno di sua madre?»

«No» disse d'impulso. Avvertì un remoto campanello d'allarme.

«Allora ha il mio. Lascia perdere l'emoteca, Diego. Andiamo subito!»

«No, fermati!» Laura gridò, con voce strozzata.

«Ti sembra il momento di fare storie?»

«Aspetta, devo parlarti!» si rivolse a Olivares: «Lasciami sola con lui».

Luca la aggredì furioso. «Tu sei pazza! Mia figlia ha bisogno di una trasfusione e tu vuoi *parlare*?»

Fece per allontanarsi, ma Laura lo afferrò per la manica. «Rose non è tua figlia... Non volevo che lo sapessi così...» disse affranta.

«Ancora bugie! Non ti vergogni?»

«Non ti mentirei mai in un momento come questo! Tu non sei il padre di Rose...»

Luca non donò il sangue e non si allontanò dalla sala operatoria fino a quando la bambina non fu fuori pericolo. Aveva capito di non essere il padre di Rose. L'argomento era chiuso e non voleva spiegazioni.

Fu Sergio Lisi, quasi di forza, ad affrontarlo: il suo comportamento era ingiusto, non poteva condannare Laura senza conoscere i fatti, la smettesse di arroccarsi in un risentimento infantile.

E Luca fu, suo malgrado, costretto ad ascoltarlo. Alla fine non fece un solo commento.

Denise andò a trovarlo nel suo studio e l'autocontrollo di Luca saltò. «Smettetela con le vostre spiegazioni! Ho capito tutto: Mary era una eroina, Laura è una martire... Ma io chi sono? Che cosa *sono stato* per otto anni? Un torturatore? Un burattino? E da dove ricomincio, adesso?»

Denise gli si avvicinò. «Parla con Laura. Sta male anche lei.»

«Lo so! Ma è più forte di me, continuo a detestarla. Stare con lei è come camminare sulle sabbie mobili... Ho paura dei suoi slanci, della sua irrazionalità, delle sue decisioni imprevedibili, del suo altruismo rovinoso!»

Clelia Piro morì venti giorni dopo il ricovero alla Life.

Erano le due del pomeriggio e Laura era seduta accanto al letto di Rose quando l'infermiera venne ad avvertirla che Clelia aveva appena avuto una crisi respiratoria e stava morendo.

Trovò nella stanza Sergio Lisi. «L'ho appena sedata» le sussurrò «ma è ancora lucida.»

Il sinistro gorgogliare dell'ossigeno si univa ai rantoli dell'agonia.

Il suo viso scarnito era pervaso da una espressione di sofferenza infinita e Laura si accorse che dagli occhi chiusi scendevano le lacrime.

«Ha continuato a chiamare sua figlia... Sembra che

una parte di lei rifiuti di andarsene...» Sergio sussurrò ancora. Era sconvolto.

In un empito di ribellione Laura uscì dalla stanza e andò nello studio di Gloria. La afferrò per un braccio. «Adesso vieni da Clelia.»

Gloria tentò di divincolarsi, ma Laura la trascinò di peso per il corridoio. «Una donna sta morendo e tu devi compiere soltanto un gesto di pietà. Dove hai il cuore?»

«E quella donna dove lo aveva?»

«Smettila di recitare la parte della vittima! Hai mai avuto un problema, un dolore, una sconfitta? No! In cambio di una settimana di abbandono hai avuto *tutto*!»

La voce alterata e furiosa di Laura si udiva per tutto il corridoio e qualcuno uscì incuriosito dalle stanze. La udì anche Luca, e alla vista di Gloria trascinata come un sacco vuoto fece per accorrere.

Ma Laura riprese a parlare, sempre più furiosa. «Per tutta la vita sono stata gelosa di te! Ti ho addirittura *odiata* perché mi avevi portato via mio padre! Adesso ringrazio Dio di non essere stata al posto tuo... La figlia prediletta che per troppo amore è diventata come una handicappata. Tu sei senza cuore! Sei cieca e sorda alle sofferenze degli altri! Per questo non sbagli mai! Sei *affidabile* come una bambola, come un soprammobile, come un robot!»

La lasciò andare all'improvviso. «Clelia cerca sua figlia. Resta qui, saresti un insulto per la dignità della sua morte.»

Luca la vide girare le spalle e andarsene. Fece per avvicinarsi a Gloria ma istintivamente seguì Laura. Era colpito, turbato...

«È la fine» disse Sergio quando Laura rientrò nella stanza. Laura si curvò su Clelia e le prese una mano. «Mamma, sono io... Mi senti? Sono la tua bambina...

Mamma, sono qui... Ho avuto una vita serena e due bravi genitori, ma ho sempre pensato a te... Adesso puoi andartene in pace... Io ti voglio bene. Mamma, mi senti? Sono qui. Sono tua figlia. Ti amo con tutto il mio cuore.»

Clelia aprì gli occhi e li richiuse. Si sollevò per un istante, in un ultimo guizzo di vita e ricadde sui cuscini.

Sergio le posò una mano sulla spalla. «È morta. È morta in *pace.*»

Laura si sollevò dal letto, il viso inondato di lacrime. E vide, sulla porta della stanza, Luca e Gloria.

Gloria era immobile, col volto terreo. Fece un passo verso Laura. «Ero venuta... Volevo vederla. Ma c'eri tu. E io non avrei saputo dirle le stesse cose.»

Laura le tese le braccia e Gloria vi si aggrappò singhiozzando.

Clelia fu seppellita nella tomba della famiglia Forti. Gloria tornò al lavoro tre giorni dopo i funerali e trovò nel suo studio un enorme mazzo di girasoli, accompagnati da un biglietto di Sergio. *Una volta mi hai detto che sono i tuoi fiori preferiti. È l'unica cosa che ricordo della orribile Gloria che eri. Ma ti amavo lo stesso.*

Lo chiamò subito al telefono. «Hai detto che mi amavi: come è possibile, se mi consideravi una persona *orribile*?»

«Lo eri davvero. E ti amo anche adesso. Dov'è Luca?»

«È andato a casa di Laura con mia madre.»

«Non voglio essere un ripiego, Gloria. Preferisco che parliamo quando avrai le idee chiare.»

«Da quando ho conosciuto te, il ripiego era Luca... Ti amavo anche quando credevo che fossi pazzo di Laura.»

Luca fermò la macchina sotto al portone e si girò verso Amalia. «Preferisco non salire» disse.

«Nemmeno per vedere Rose?»

«Amalia, ho troppe cose da farmi perdonare.»

«Una buona ragione per cominciare subito.»

«Le ho fatto troppo male... Per lei è una storia chiusa.»

«Prendi il regalo per Rose e cominciamo a farci aprire il portone.»

«Lei non conosce Laura...»

«In effetti è una miniera inesauribile. Di sicuro, con lei non avrai una vita noiosa.»

«Non ho voglia di scherzare, Amalia.»

«Nemmeno io. Se possibile, devo farmi perdonare più cose di te compresa qualche firma falsa in banca.»

«Laura è maledettamente orgogliosa.»

«Almeno un difetto glielo vogliamo trovare?»

«Non sopporto l'idea che mi respinga.»

«Adesso smettila. Sali o no?»

«No.»

Amalia aprì la portiera e raccolse un sacchetto. «Puoi andare, al ritorno chiamerò un taxi.»

Nemmeno sotto tortura avrebbe confessato di avere paura quanto Luca. Era certa che Laura le avrebbe aperto il portone accogliendola poi con gentilezza, ma non le bastava. Voleva darle tutto quello che le aveva tolto e non aveva fatto in tempo: protezione, vicinanza, aiuto. E amore.

Laura la fece entrare scusandosi per il disordine. E quando furono sedute le chiese se poteva offrirle qualcosa.

«Smettila di essere gentile.»

Laura arrossì. «Sono davvero contenta della sua visita, signora Forti.»

«Perché?»

«Perché...» La fissò. «Lei mi piace. È una persona... A volte mi sembra di assomigliarle.»

«Mi piaci anche tu.»

Prese il pacchetto che aveva posato sul divano. «È la tartaruga che tuo padre intendeva regalarti per la nuova casa… È una delle tante cose che ti ho portato via… E comincio a restituirti questa.»

Laura le prese una mano. «Non ha niente da perdonarsi, signora Forti.»

«Chiamami Amalia.»

In quel momento suonò il campanello. Si udì la voce di Rose. «Zia Laura, chi c'è?»

«La bambina si è svegliata. Può aprire lei… puoi aprire tu Amalia, per piacere?»

«Tu apri e io vado dalla piccola.»

Era Luca. Lo aspettò davanti all'ascensore. *È la tua giornata fortunata, ragazza.*

Luca aprì le portine e per qualche istante restò a fissarla in silenzio. «Posso entrare?» Sollevò un pacchetto. «Sono venuto a portare un regalo per Rose… E anche per vedere te Laura, io…»

«Per oggi può bastare. Entra.» Gli sorrise. *È la tua giornata fortunata, ragazza.* Sì, forse.

Indice

BUR
Periodico settimanale: 14 gennaio 2004
Direttore responsabile: Rosaria Carpinelli
Registr. Trib. di Milano n. 68 del 1°-3-74
Spedizione in abbonamento postale TR edit.
Aut. N. 51804 del 30-7-46 della Direzione PP.TT. di Milano
Finito di stampare nel gennaio 2004 presso
lo stabilimento Grafica Pioltello
Seggiano di Pioltello (MI)
Printed in Italy